La Fea Burguesía
— EDICIONES —

JOSÉ LUIS CASTILLO-PUCHE

MISIÓN ESTAMBUL

**Edición y prólogo
José Belmonte Serrano**

La Fea Burguesía
— EDICIONES —

MURCIA, 2025

La editorial es consciente de la necesidad
de los recursos naturales para consumir cultura
y de la colaboración en la conservación del medio ambiente.
Así pues, por la impresión de este libro,
ha plantado un olivo (*Olea europaea*) en el paraje
de El Horno en Cieza (Murcia)

«Misión Estambul»
© José Luis Castillo-Puche, 2025
© Fundación José Luis Castillo-Puche, 2025
© La Fea Burguesía Ediciones, 2025
Grupo Editorial Tres y Libros, SL
Murcia, España.
www.lafeaburguesia.es

Edición y prólogo: José Belmonte Serrano
Diseño cubierta y maquetación: Fernando Fernández Villa
Imagen cubierta: acuarela de YourGrowth

Primera edición: febrero de 2025

ISBN: 978 84 129414 1 8
Depósito legal: MU 67-2025

Printed in Spain - Impreso en España

Con la colaboración de Fundación Castillo-Puche y Casa
Municipal de Cultura del Excmo. Ayuntamiento de Yecla

Índice

PRÓLOGO

Misión a Estambul, que era, verdaderamente, el título con el que apareció por vez primera, en 1954, esta novela de José Luis Castillo-Puche —por entonces, aún no figuraba el guión entre los dos apellidos del autor— ocupó el número 85 de la colección La Novela del Sábado, en donde, a su vez, habían publicado, hasta ese momento, autores de no poca fama, tan en boga por entonces, como Wenceslao Fernández Flórez, Dolores Medio, Carmen Laforet o Rafael García Serrano, que iban acompañados de clásicos y foráneos como Oscar Wilde, Charles Dickens, Conan Doyle o Dostoievski. Una edición fácil de manejar, acomodada al bolsillo del lector y a un precio de seis pesetas, en donde, además, se incluían unas páginas de publicidad del Banco Hispano Americano y de La Unión y el Fénix Español que, a buen seguro, ayudarían a hacer más rentable tan noble empresa.

Misión Estambul permaneció casi en el olvido hasta que, en 1982, casi treinta años después, fue rescatada por el propio autor y publicada en Emiliano Escolar Editor, que tenía su sede en Madrid, en la calle Juan de Mena, número 21. A esta nueva entrega, ahora con una portada a todo color, muy alusiva al contenido de la obra, se le añadió una introducción general y un análisis de la obra a cargo de la profesora y colaboradora de revistas como *Ínsula*, *Estrafeta Literaria* y *Cuadernos Hispanoamericanos*, Milagros Sánchez Arnosi, que sirve para esclarecer buena parte del contenido de las siguientes páginas.

1954 fue, por otra parte, un año muy importante en la vida de José Luis Castillo-Puche, tanto en lo personal como en su aspecto puramente creativo y literario. Fue cuando contrajo matrimonio con la escritora y profesora Julia Figueira, que le acompañaría durante toda su vida, al tiempo que publicó su primera novela extensa, *Con la muerte al hombro*, que es, verdaderamente, la segunda escrita porque *Sin camino* había sido prohibida por la férrea censura de entonces, hasta el punto de que terminaría saliendo a la luz, gracias a la mediación de don Pío Baroja, en una editorial argentina. En ese productivo 1954, al margen de conocer personalmente al escritor estadounidense Ernest Hemingway, con el que mantendría una larga y fructífera amistad, también aparece *Misión a Estambul*, una obra calificada de rara si tenemos en cuenta el estilo y el contenido de *Con la muerte al hombro*, inscrita en lo que se ha dado en llamar el tremendismo, corriente que estaba de moda por aquel tiempo, a raíz, sobre todo, de la proverbial aparición de *La familia de Pascual Duarte* en los primeros años de la posguerra española.

En el estudio preliminar de Sánchez Arnosi, que, en gran parte, sigue estando vigente, se dejan claros dos aspectos que considero fundamentales a la hora de analizar la novelita del escritor yeclano: de un lado, lo que supone de novedad dentro de la trayectoria de José Luis Castillo-Puche, que andaba por otros derroteros y con otros diferentes intereses estéticos. Y, por otra parte, el carácter anticipativo de la publicación. *Misión a Estambul* apareció por vez primera en 1954 cuando la novela de carácter policial era prácticamente desconocida en España, con lo que Castillo-Puche logra situarse, como advierte Sánchez Arnosi, entre los pioneros del género negro. Sirva como ejemplo el hecho de que uno de sus contemporáneos y amigos de Castillo-Puche, el manchego Francisco García Pavón, no haría acto de presencia con sus novelas policiacas de ambiente rural, con el guardia municipal Plinio como protagonista, hasta mediados de la década de los sesenta del siglo XX.

Llama, ciertamente, la atención el hecho de que el protagonista de *Misión a Estambul* sea un tal Castillo, que es, en cierta medida, una manera de implicarse en el relato el propio autor y participar, en primera persona, en vivo y en directo, del mismo. Y no es menos interesante el hecho de que uno de los personajes que también aparece en estas páginas con su apellido, con residencia en Roma, sea su amigo el pintor Hernández Carpe, a quien, por cierto, le dedicará su ensayo *El Congo estrena libertad*, que aparecerá en la editorial Biblioteca Nueva en 1961.

Misión a Estambul es una obra, sin embargo, que, a pesar de su evidente rareza, posee muchos de los rasgos que adornarán el estilo de Castillo-Puche hasta el final de su larga y fructífera carrera literaria: ahí están presentes su típico vocabulario, sus obsesiones, sus visiones y apariciones, su modo de entender la existencia humana, como si fuera un caos, un laberinto imposible de transitar. Y si la Guerra Civil fue uno de los tres grandes impactos que se reflejan en su literatura, en alguna parte de *Misión a Estambul* no deja de aparecer, a bordo de un avión, un perdedor de la contienda, como si huyera de la derrota, alejándose lo más posible.

Misión a Estambul es una novela de espías en la que Castillo-Puche despliega su portentosa, febril y disparatada imaginación, hasta el punto de crear diálogos y situaciones de auténtica factura surrealista, en donde brilla lo onírico, la reflexión sobre lo absurdo y la locura del ser humano. Y, como complemento de todo ello, no es menos sugerente, muy en la línea de Valle-Inclán y de Gutiérrez-Solana, la constante y pertinaz esperpentización de muchos de los personajes y situaciones que se nos presentan en la obra.

José Luis Castillo-Puche, que fue autor de poesía, teatro, relatos breves, ensayos, libros de viajes y novelas, siempre ha supuesto una contínua sorpresa para sus lectores. En esta ocasión, poniendo en nuestras manos una novela policiaca que resulta, sin ningún género de dudas, pionera en España, y que, setenta años después, aún rezuma frescura y actualidad, justo ahora que, desde hace unas décadas, la novela negra ocupa un primer plano de la literatura.

José Belmonte Serrano
Universidad de Murcia

NOTA A LA EDICIÓN

El texto utilizado para llevar a cabo la presente edición, que ahora sale nuevamente a la luz, procede de la aparecida en 1982, que, según nos consta, fue supervisada por el propio autor. He corregido, sin embargo, algunas erratas y pequeños errores sin importancia, y, a la vez, he tenido ocasión de comprobar que Castillo-Puche añade, suprime o cambia, según su criterio, algunas palabras, aunque, sustancialmente, deja su texto, en su integridad, como el original de 1954. Asimismo, por conservar una plena actualidad, he considerado oportuno reproducir, íntegro, el prólogo de esta edición de 1982, a cargo de una experta en la narrativa de Castillo-Puche como Milagros Sánchez Arnosi.

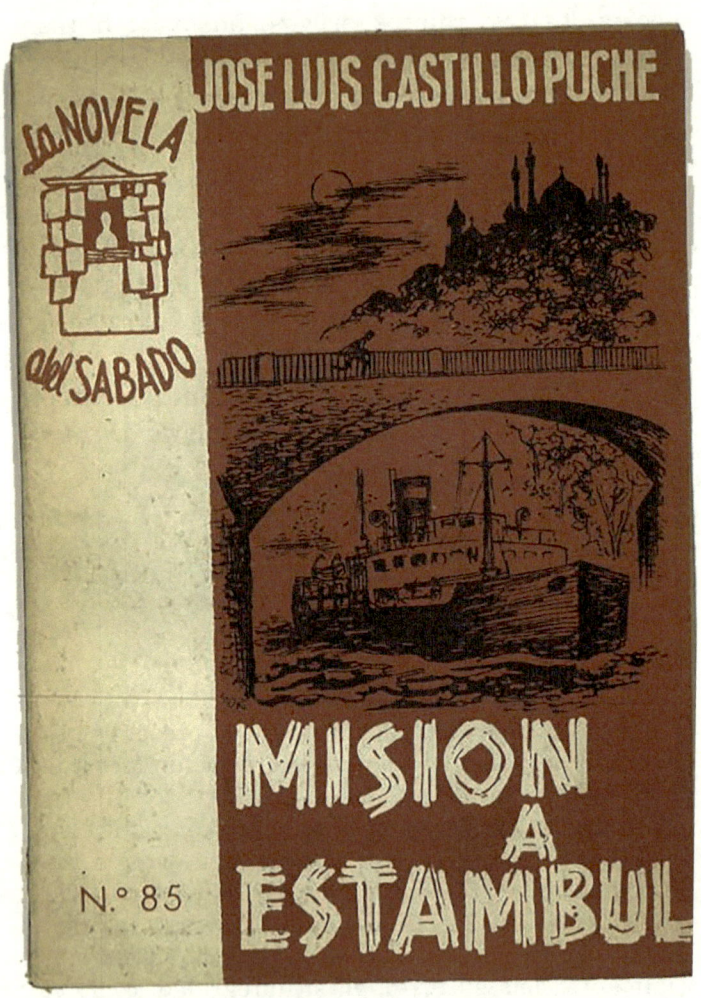

LA NOVELA del SABADO

JOSE LUIS CASTILLO PUCHE

N.º 85

MISION A ESTAMBUL

Primera edición, 1954

MISIÓN ESTAMBUL

I

INTRODUCCIÓN GENERAL: *MISIÓN A ESTAMBUL* DENTRO DE LA NOVELÍSTICA DE CASTILLO-PUCHE

La lectura de *Misión a Estambul* depara dos sorpresas: primero, la de la novedad dentro de la producción narrativa de su autor, y, segundo, la de su carácter anticipativo.

Por lo que se refiere al primer aspecto hay que decir que esta novelita se apartará de las constantes temáticas y estilísticas tan características del modo de narrar de Castillo-Puche, por lo cual formará un libro aparte por todo lo que tiene de distinto y único. Teniendo en cuenta que toda la novelística de Castillo-Puche se vertebra en torno a tres constantes: la muerte, la religión y la guerra, dentro de un espacio configurador muy determinado, HÉCULA, el hecho de que esta novela se aparte de todo ello supone, no sólo una sorpresa, sino también un modo distinto de narrar y de contar una historia.

Por lo que respecta al nivel temático, no vamos a encontrarnos con preocupaciones de tipo religioso, como en *Sin Camino*, o *Como ovejas al matadero*, obras en donde se cuestiona el sacerdocio como enajenación en todo lo que este tiene de drama y conflicto; o con preocupaciones en torno a la muerte, como en la novela *Con la muerte al hombro*, tema que emparenta esta obra con las corrientes existencialistas en literatura por todo lo que supone de reflexión sobre la temporalidad de un ser humano que vive obsesionado por su muerte; o la guerra, como en *El vengador*; o la frustración ideológica de *Jeremías el anarquista*; o la historia de la conciencia dolorida de un niño, protagonista de las dos últimas novelas de Castillo-Puche: *El libro de las visiones y las apariciones* y *El amargo sabor de la retama*, en donde el autor vuelve a incidir en los temas de la muerte y la religión a través del recuerdo de un adulto que revive un pasado hecho de miedo, terror y superstición.

También los personajes de *Misión a Estambul* serán diferentes; no vamos a encontrarnos con sacerdotes enajenados, ni con neuróticos como Julio, ni seres vengativos, ni desarraigados, ni niños torturados por el miedo, producto del fanatismo religioso...

Tampoco el espacio, elemento unificador y de cohesión de todas las novelas del escritor murciano, aparecerá en esta novela: Hécula, Yecla metaforizada, lugar de origen del novelista, paisaje amargo y desolado, tremendo y crudo, en donde sólo se respiran aires de muerte y luto, pueblo fantasmal y tétrico. Es la misma Yecla de Azorín, de tintas zuluaguianas, violentamente distorsionada. Pueblo que forma parte de la historia de la literatura de la España negra, literaturizada por la generación del noventa y ocho, ya que de ella escriben Baroja, en su libro

Camino de Perfección, en donde aparece Yecla con el nombre de Yécora; el mencionado Azorín en su novela *La voluntad*, Eugenio Noel, Ramón Gómez de la Serna, etc. Pero hay que tener en cuenta que la Yecla de José Luis Castillo-Puche no sólo será el pueblo terrible de Pío Baroja, el pueblo sin ilusión de Azorín, sino el pueblo tétrico que oprime y atenaza al autor.

Ahora nos encontraremos con Oriente, con espacios no pertenecientes a la geografía española, con lugares alejados cultural y geográficamente.

Desde un punto de vista formal la técnica retrospectiva tan del gusto de Castillo-Puche, no será utilizada en esta novela. No habrá ahora rupturas temporales, idas y vueltas constantes del pasado al presente, con detenimiento especial en el pasado para explicar el momento actual del personaje; no nos encontraremos con protagonistas que reflexionan, que hablan al hilo del recuerdo, que se esfuerzan por recordar, tampoco nos encontraremos la novela como terapia que el autor elige para liberarse de sus obsesiones. Incluso el monólogo interior característico de los personajes de las novelas del autor del *Amargo sabor de la retama* no se utiliza aquí como liberador de la conciencia; hay que decir que estilísticamente el monólogo interior ha desaparecido en favor del diálogo.

Una última consideración referente al autobiografismo de la novelística de José Luis Castillo-Puche. No hay duda de que todas las novelas del creador de Hécula remiten a unas vivencias experimentadas en la propia piel, y a unas pre-ocupaciones personales: la guerra, el sacerdocio, la obsesión por la muerte, la infancia, el Madrid de *Paralelo 40*..., Castillo-Puche no inventa sus temas, estos son primeramente vividos y después elaborados literariamente. Pero *Misión a Estambul*, aunque perfectamente podría haber sido una aventura experimentada por el autor, nos da la sensación de ser una novela en donde la invención y la imaginación se hacen más presentes, quizá porque estamos acostumbrados a encontrarnos con un Castillo-Puche niño viviseccionado, adulto que recuerda, soldado vencedor, analista implacable y conciencia crítica, en un mismo espacio geográfico opresor que ahoga y sofoca: Hécula.

Respecto a la segunda consideración que hacíamos al comienzo de estas páginas, cuando afirmábamos el carácter anticipativo de esta novela, decir solamente que fue escrita en 1954, en un momento en que la literatura de espionaje y policiaca hecha por escritores españoles no era cultivada, en absoluto, por eso el hecho de que aparezca ahora, cuando este tipo de literatura está de moda, y es un género que ha acaparado la atención de novelistas como Vázquez Montalbán, Francisco García Pavón o Joan Fuster, y después de 27 años de haber sido escrita, sitúan a Castillo-Puche si no como uno de los iniciadores del género, sí como uno de los primeros autores que han tanteado las posibilidades de este tipo de relatos. Nada extraño que este texto quedara enseguida superagotado.

II

ANÁLISIS DE *MISIÓN A ESTAMBUL*

Una vez situada esta novela dentro de la novelística del autor, vamos a ver de qué elementos se configura.

Misión a Estambul se estructura sobre una motivación nueva en la producción literaria del autor de *Con la muerte al hombro*: la del viaje, la del ir y venir de un personaje que a medida que va haciendo su camino, su viaje, va entrando en contacto con nuevas gentes, con nuevos sucesos y acontecimientos, que suponen a su vez otras historias. El viaje en este caso será pues un motivo y un tema novelesco, así como una estructura, ya que todo el material narrativo se organizará con un matiz episódico.

Desde el principio del relato nos damos cuenta de que el personaje de la novela que ahora nos ocupa está acostumbrado a viajar siempre por motivos de trabajo y con misiones especiales. Sabemos también que la palabra «viaje» repetida obsesivamente por el protagonista le sirve para saber, adivinar o intuir si su trabajo terminará en éxito o en fracaso.

Por otro lado, la palabra «viaje» tiene un doble significado, pero muy concreto, para el protagonista:

a) un itinerario espacio-temporal: con un principio (salida de Madrid), y un objetivo (llegada a Estambul), con una serie de paradas geográficas intermedias: Roma, Atenas... y un final, que supone de nuevo el regreso al lugar del cual se ha partido: Madrid. Todo este trayecto en un tiempo indefinido y vertiginoso.

b) un itinerario psíquico, constituido por las preocupaciones y obsesiones de nuestro protagonista a medida que el éxito o el fracaso de sus actividades va coronando la realización de su misión especial.

Esta peripecia vital tendrá como protagonista a un agente que encubre su personalidad haciéndose pasar por exportador de frutas. Este personaje no tendrá nada que ver con el prototipo de agente super-héroe, vencedor de una serie de dificultades que le acosan interponiéndose en su camino. Nuestro personaje, que se hace llamar por el primer apellido del autor de la novela, no es ningún super-hombre, no realizará ninguna hazaña extraordinaria que haga abrir la boca al lector ante lo insólito o lo desmesurado; es además un agente que no tiene que descubrir nada, solamente esperar a que vengan a él, pero no tiene que buscar a nadie, ni ponerse en contacto con otras personas, o descubrir algo, es un hombre solitario dentro de la marea humana de Estambul, que puede ser sorprendido en cualquier lugar, de cualquier modo, y por cualquier desconocido, y en cualquier día u hora indeterminada. Sólo sabe que lleva por misión algo muy vago e inconcreto: su cinturón debe quedarse en Estambul, en caso de que él sea el agente verdadero, puesto que hay dos para despistar al enemigo, a cambio de otra cosa que le entregarán, tampoco sabe cómo ni quién.

A partir del momento en que nuestro hombre sale de Madrid todo se desarrollará en el anonimato más secreto. En este compás de espera del personaje-eje del relato, en este periodo de inactividad profesional se verá asaltado por una serie de barreras que se echarán sobre él repentinamente, como una bofetada que nos dan sin que la esperemos. Y lo más importante es que el protagonista de *Misión a Estambul* no hace nada para provocar su aparición. Se produce así una paradoja que es una de las características más importantes de la novela: el protagonista no busca nada, pero se encuentra constantemente arrastrado por una serie de circunstancias, muchas veces, incomprensibles, o bien con seres inesperados, citas anónimas, situaciones extrañas... de las que sale para meterse en otras cada vez más complicadas. Será gracias a esta capacidad de respuesta del personaje, a esta rapidez receptora para actuar, cómo el lector probará las virtudes de aquél.

Nos encontramos por tanto ante un relato que en esquema vendría a estar constituido por una sucesión y yuxtaposición de episodios unificados por un protagonista central, en torno al cual se mueven y tienen sentido todos los demás, pues hay que tener en cuenta que si el personaje de esta novela no fuera en primer lugar agente y en segundo lugar no llevara el cinturón misterioso todos los acontecimientos que se suceden no habrían tenido lugar.

A lo largo de nueve capítulos, Castillo-Puche nos cuenta la peripecia de un hombre, que sin quererlo va tejiendo en torno a sí mismo una especie de tela de araña, cada vez más complicada a medida que avanzamos en la lectura de sus páginas. Cada capítulo aporta nuevos datos que van articulando y configurando a los anteriores sin que quede, sin embargo, aclarada la confusión en que se ve envuelto el protagonista ni siquiera al final de la novela, pues este continuará ignorando todo lo referente a la misión que le ha sido encomendada. Hemos dicho que cada capítulo nos descubrirá nuevos aspectos, pero hay que decir que todos tendrán una característica en común: la intriga. Es decir, desde el momento en que el agente sabe que tiene que salir en misión secreta (capítulo I), van a ir imbricándose en el relato una serie de micro-relatos sucesivos: encuentro en el aeropuerto de Roma con un amigo suyo, noche de juerga romana (capítulo II); conversación con su compañero de viaje que le previene contra los peligros de Estambul. En este diálogo se intuye que hay una relación entre los dos personajes, lo cual se descubrirá más tarde (capítulo III); llegada a Estambul. Alguien le pregunta si conoce al hombre que aparece en una fotografía, hombre que resulta ser su compañero de avión, llamado Isasi (capítulo IV); este aparece y confiesa haberse quedado en Estambul y no en Ankara porque sabía que nuestro agente corría peligro; en este momento la intriga se potencia y sube a su punto climático ya que descubrimos que Isasi lleva otro cinturón de las mismas características que las del agente (capitulo V); vagabundeo por los laberintos callejeros de Estambul, nuestro personaje es seguido por alguien (capítulo VI); un francés le entrega una nota en la cual se le da cita para que vaya a ver a un judío; este le comunica que debe volver a Madrid. Se entera de la muerte de Isasi. A continuación, recibe una llamada telefónica de una mujer de la que no sabe nada, la cita en su habitación (capítulo VII); el personaje central se queda dormido y cuando despierta se da cuenta de que su cinturón le ha sido robado, en su lugar la mujer que le telefoneó ha dejado una polvera. Apesadumbrado, abandona Estambul (capítulo VIII); llega a Madrid y es felicitado por el éxito con que ha realizado su misión. El relato se acaba sin que Castillo entienda, sepa o se explique, qué ha ocurrido.

Como puede observarse después de este breve resumen argumental lo que acontece en la novela se desarrolla a un ritmo muy acelerado y en múltiples espacios: Madrid-Roma-Nápoles-Atenas-Estambul, que al ser el lugar de destino

es el que más páginas ocupa en la novela. Incluso en el mismo Estambul los espacios también se multiplican vertiginosamente: callecitas, callejones, plazas, el edificio de la Bolsa, el
hotel, las mezquitas, el puente Gálata, el Bósforo, mercados, tiendas, el Mercado Principal,
la embajada de Estados Unidos, el convento de
monjas francesas, la casa consignataria de barcos griegos... espacios recorridos en taxi o a pie.
Toda esta multiplicidad de ambientes y lugares
armonizarán con el ámbito en donde la mayor
parte del relato se desarrolla: Estambul, ciudad
que representa no sólo el misterio, el peligro, la
inseguridad, el crimen, la conspiración, sino
también la anarquía, el desorden, la miseria, la
agresividad, la violencia, el dinamismo y el movimiento desmesurado, la oposición a Europa, lo
trágico, la aventura, el ritmo alocado, así como
un ámbito desolador, un paisaje pobre y raquí-
tico, en contraste violento con sus habitantes,
puesto de manifiesto en una paradoja estilísti-
ca, pues Castillo-Puche humanizará al paisaje
«árboles como vagabundos ateridos de frío», y
animalizará a los hombres que son «como perros de lana mojados».

En este espacio tan lleno, tan saturado, un
hombre busca a solas con sus dudas y sus pro-
blemas.

La intriga y el suspense serán los hilos que
estructuren el relato, intriga que también es
múltiple: de la misión que se le encarga al agente el lector sólo conoce parte, pero desconocemos

26

qué contiene el cinturón, si es que contiene algo; Isasi desaparece repentinamente, no sabemos por qué, su muerte resulta igualmente misteriosa, así como la sucesión de llamadas telefónicas sin respuesta, interlocutores anónimos y desconocidos, persecuciones, huidas, citas, muertes extrañas, desapariciones inexplicables, individuos entrevistos, intermediarios desconocidos... y todas las intrigas que en Estambul se van gestando con todo lo que este lugar supone de amenaza e inseguridad.

No nos encontramos con Hécula, pero sí con un espacio negativo y opresor, metaforizado en una pisada: «Estambul era un trepidar acompasado y vertiginoso de pisadas humanas. Todo Estambul era una tremenda pisada humana en la que resonaban miles de pisadas, unas blandas como hundidas en el barro, y otras duras, tensas, como plantadas en escaleras sobre la roca viva. Impresionaba aquel ritmo loco y acompasado de pisadas».

Una naturaleza violenta, plomiza y hosca, terriblemente ajena al protagonista.

Estilísticamente, esta novela se aparta del resto de la producción del autor. Se cuenta al hilo de las circunstancias y acontecimientos, en primera persona, desde la subjetividad del protagonista-agente; es él quien nos da todos los datos, quien nos informa de lo que ve, cómo lo percibe, qué le sucede, cómo son los otros personajes, de estos sólo nos da su caracterización física en breves pinceladas, siendo el lector quien deduzca la contextura moral del protagonista por lo que él mismo dice y hace.

El diálogo y la descripción serán los elementos configuradores de la forma de *Misión a Estambul*. Diálogos rápidos, como si no hubiera tiempo para hablar y todo tuviera que decirse concentradamente, sin efusiones dialécticas, sin retórica, sin excesos verbales; este hecho armoniza con el dinamismo de toda la novela, con lo cual se produce una densidad rítmica que da lugar a una prosa acelerada y vertiginosa. Por lo que respecta a las descripciones se caracterizan por la precisión del matiz como puede observarse en las descripciones que Castillo-Puche hace de los barrios periféricos y centrales de Estambul, así como en el uso de las comparaciones: «ojos como nubecillas blancas», «aroma como de plaza diminuta», «el cinturón parecía la lengua de un ahorcado»... con la presencia casi siempre del factor tremendista: el hombre que después de tomarse un somnífero se suicida, o la aparición del humor irónico: «Mi jefe está como fofo. Varias veces he pensado que un tiro no podría hacerle de ningún modo daño. Un tiro en su vientre quizá no conseguiría más que levantar un poco de polvillo, como les ocurre a los colchones cuando los varean».

En definitiva, puede afirmarse que *Misión a Estambul* se vertebra como una novela dentro del corpus narrativo de Castillo-Puche con identidad propia y supone no sólo un libro distinto, una forma de narrar diferente, sino una sorpresa literaria que enriquece y amplía la visión que del autor murciano teníamos sus lectores habituales.

Milagros Sánchez Arnosi

MISIÓN ESTAMBUL

I

Probablemente para actuar, lo que necesita un hombre como yo es que no le especifiquen demasiado las cosas. Que le digan, simplemente: «Váyase a Estambul y espere allí órdenes». Nada me tienta tanto como la irresponsabilidad. Nada me resulta tan fácil como obedecer. Pero para que yo me encargue de cualquier gestión he debido sentir muy dentro una especie de conformidad casi mística. Yo sé de antemano, en virtud de unos presentimientos extraños, qué misiones mías pueden terminar en éxito o en fracaso. Lo sé repitiendo varias veces conmigo mismo el término del viaje. Y Estambul, la palabra Estambul, me la repetí varias veces a solas ante el espejo o paseando por el jardín de mi residencia, y no terminaba de gustarme. Algo vago la envolvía, algo misterioso rodeaba el centro de mis próximas operaciones. Y temía.

El encargo que me llevaba a Estambul no era nada fácil. Aparentemente era bien sencillo. Yo tenía que salir en avión, haciendo escala en Atenas, y tenía que instalarme en Estambul dos, tres, cuatro semanas; las que hicieran falta. No tenía que ir a ningún sitio ni tenía que entrevistarme previamente con ningún agente. Cuando más, tenía que darme a conocer a cierto intermediario. Yo debía esperar, nada más que esperar. Esperar a que un día un señor desconocido, no sabía si viejo o joven, en el hall del hotel o en la calle, en un cine, o un taxi, me quitara el cinturón. Me lo quitara a la fuerza o jugueteando. Pero había de quitármelo.

Mi cinturón llevaba cosida dentro, perfectamente cosida, una cosa que interesaba depositar en Estambul. No era yo el que tenía que entregarla. Era otro el que me saldría al encuentro y se llevaría de mi cuero la joya escondida, que bien podía ser un papel valioso o un sello de caucho como sospeché varias veces.

Yo había pedido solamente una explicación al jefe:

—No irá nada dentro que pueda dañar los intereses de mi patria...

—No bromee, hijo mío; su patria es la mía.

El cinturón lo recibí una semana antes de salir de Madrid. Sé que lo compraron en una tienda de lujo de la Gran Vía, y que costó unas tres mil pesetas. Sé que después mi jefe lo tuvo varios días en la caja fuerte y que un buen día me lo entregó sin dar importancia a la cosa.

Lo palpé cuidadosamente. De veras que no se notaba nada. Ni siquiera que hubiera sido descosido. Ni que hubiera dentro dos papeles de fumar juntos.

—Pues parece que está vacío.

—A lo mejor, lo está. Ha de saber, y creo que le digo algo que no tenía por qué decirle —añadió, bajando mucho la voz—, que salen dos cinturones hacia Estambul; uno va vacío y el otro va lleno.

—Entonces, a mí me ha tocado el que no lleva nada.

—No pondría yo la cabeza en esa afirmación.

Mi jefe es un tío muy alto al que le falta un ojo. Lo perdió en la guerra. Es muy colorado de cara y de carnes muy blancas. Lo que no me explico muy bien es por qué tiene esa loca afición a las camisas de seda de manga corta.

Me coloqué el cinturón y no me llegaban los ojales. El jefe se llevó un gran disgusto con esto.

—Es que yo estoy más delgado de lo que parece —comenté.

—Le dije a Carlota que me trajera el número más pequeño de hombre.

—Faltan por lo menos dos agujeros.

—Pues a ver si engorda de una vez.

Me eché a reír y él se molestó tanto, que al maniobrar sobre la mesa volcó el tintero.

Esto para otro no hubiera significado nada, pero yo soy bastante supersticioso. Me quedé pensativo. Al rato, añadí:

— Mal empezamos.

— Si no quiere ir, dígalo de una vez.

—Iré —repliqué con frialdad.

Al día siguiente el cinturón tenía dos ojales más, aunque tampoco esto puedo asegurarlo demasiado. Me pareció que no era el mismo cinturón de antes, que era un poco más oscuro, y además creí notar dentro una mayor resistencia. Pero al tacto no había manera de localizar nada concreto.

¿Por qué habían elegido el cinturón precisamente? A veces en esta clase de asuntos ocurren cosas así de absurdas. Uno, al principio, no se las explica, porque parecen propiamente chiquilladas, ganas de jugar y de perder el tiempo. Pero tienen sus razones. Hay motivos profundos quizá para elegir objetos triviales y caprichosos. Todos los que nos movemos en estas misiones sabemos muy bien que la primera condición para desempeñar bien una comisión secreta es no preguntar demasiado ni sorprenderse por nada, aunque aparentemente algo nos parezca pueril y extravagante. Los jefes saben muy bien lo que se hacen; lo cual no impide que, a veces, se equivoquen como cualquiera.

Cinco días estuve paseando por Madrid con el cinturón puesto, sudándolo como quien dice. Tenía no sólo que estrenarlo: tenía que curtirlo y amoldarlo lo mejor que pudiera a mi cuerpo. De todos modos, era preferible un cinturón a un braguero, que es muy incómodo, y ya una vez tuve que usarlo para transportar unos cuantos billetes de mil dólares.

Lo de ahora no era dinero. Podía ser muy bien una lista de nombres o la signatura de una clave. Podía también tratarse de unas fotos menudas de película. O acaso un plano, aunque esto último no lo creo.

El cinturón estaba relacionado con algo militar. De esto no me cabía la menor duda. El cinturón, aplicado a mi estómago las primeras horas que lo llevé, me produjo como un malestar físico; algo así como si hubiera ingerido langosta en malas condiciones.

No es la primera vez que una misión es truncada antes de ponerse en camino. Uno de aquellos días, mi jefe me llevó a comer a la carretera de La Coruña.

—¿Está nervioso? —me preguntó.

—No creo.

A veces el jefe parece que habla por las orejas. Mientras dice algo las curva un poco y son sus orejas como dos plantas muy elementales, totalmente húmedas. Debe de tener siempre las orejas muy frías.

—De todos modos, debe ir prevenido.

—¿Me llevo la pistola?

—No me refiero a eso. Es cosa de tensión, más bien. Porque puede aburrirse. Sí, le aconsejo que no haga excursiones fuera de Estambul. Estese lo más quieto que pueda. Tiene que estar perfectamente localizable. Ellos darán con usted a tientas. Darán con usted y con el otro. Pero no deben fallar ninguno de los dos golpes.

Era un día frío. En el restaurante no había más que una pareja de alemanes y dos camareros muy tiesos. Uno de ellos hacía tranquilamente un crucigrama tras los cristales del mirador. A ratos llovía. Por la carretera pasaban sin parar los coches de matrículas extranjeras. Las cubiertas crujían.

—Firme aquí —me dijo el jefe, extendiéndome un papel.

¿Cuántos papeles de estos habré firmado ya? Al principio los firmaba con mucha impaciencia, con gran emoción. Ahora estos trabajos apenas me hacen efecto. Considero que nuestro papel no es nada heroico. Pero tampoco es abyecto como creen muchos.

El jefe y yo salimos a la carretera y estuvimos un rato paseando cerca de los tiernos pinos, que despedían un aroma inocentón como de playa diminuta.

El jefe camina siempre con las manos puestas atrás, y al pisar posa los pies con fuerza. Es un gran tipo el jefe. En más de una ocasión he pensado que el ojo que le queda ve por el otro y quizá por muchos miles de ojos más.

Mi jefe está como fofo. Varias veces he pensado que un tiro no podría de ningún modo hacerle daño. Un tiro en su vientre quizá no conseguiría más que levantar un poco de polvillo, como les ocurre a los colchones cuando los varean.

II

Salí en avión hacia Roma. Tuvimos una travesía algo tormentosa. Para los viajes no se ha inventado nada parecido al coñac. El coñac es formidable. A mí, concretamente, ya me sirve hasta de aperitivo. A las once de la noche tomábamos tierra.

Si no estuviera ligado a nada que exigiera de mí esta disciplina y esta obediencia casi intemporal, me gustaría quedarme en Roma como pupilo eterno.

Pero esta vez iba a estar en Roma sólo unas horas. Esto no estaba calculado en mi plan. Fue en las oficinas de la compañía aérea donde me informaron de que no había otra combinación para Estambul. Si no aceptaba ésta tendría que esperar cuarenta y ocho horas más. Esto me convencía menos.

Pensaba irme derecho a la cama después de tomar una cena ligera y una taza de café.

No había entrado en mis cálculos salir a la calle. Cuando se pone en marcha un asunto de estos, lo mejor es no prestar atención a ningún contratiempo. Dentro de nuestro trabajo también hay tiempo para diversiones, pero tomándolas siempre como ironías y burlas de la vida. Es más, todo en nuestra vida es pasatiempo si desquitamos unos momentos terriblemente encadenados y lógicos.

Fue en la misma ventanilla del cambio de moneda, mientras me las entendía con un empleado de aspecto muy fino, pero que era un auténtico patán, cuando sentí que unas manos caían sobre mis ojos y una voz de falsete me preguntaba:

—¿Quién soy? ¿A qué no sabes quién soy?

No pude localizar la voz, porque la oía mezclada con risas femeninas.

—Mal empezamos —me dije.

Debí suponer quién era. Yo sabía muy bien que Carpe se encontraba en Roma disfrutando de una beca oficial. Carpe es pintor, un buen pintor. Le colgaba del brazo una muchachita menuda, muy morena, a la que no era fácil tomar en serio. Parloteaba italiano, caricaturizándolo, y de cuando en cuando saltaba, yo creo que más que nada para que nos enteráramos bien de que estaba presente. A un lado se habían quedado un muchacho de gafas, muy serio y delgado, y otro grueso, con una nariz completamente plana y muy colorado.

Aumenté la cifra de pesetas en la ventanilla. El carabinero protestó porque en aquellos instantes estaba dando por terminada la operación.

Carpe no hacía más que decir:

—Que soy el conde —y los demás se reían. Estaban un poco bebidos, sobre todo el de la nariz plana, que me presentaron como escultor. Tenía las manos de escultor, porque las manos de escultor, en contra de lo que se supone por ahí, siempre he podido comprobar que son toscas y grandotas, unas manos bastas que van tomando rusticidad de todas las materias que trabajan. Pero quien fue para mí una revelación completa fue el muchacho de las gafas que yo suponía tan serio, porque al salir del aeropuerto, sin venir a cuento, se subió un poco los pantalones y comenzó a girar como si bailara un mambo, mientras los demás aplaudían.

—¿Qué quiere el conde? —cantaba, arrebatando el papel a cualquier tenor de compañía de provincias.

—Una niña como una rosa —le replicaban los demás.

Se sabían el número muy bien, lo debían de tener muy ensayado.

Intenté despedirme, pero no fue posible ni aun sabiendo que tenía forzosamente que continuar el viaje a las pocas horas.

—Mira, tú te vienes con nosotros, tomas un copetín en casa de mi amiga la americana y después te traemos en coche al aeropuerto. Deja aquí el equipaje.

La muchachita me cogió de la solapa y tiraba hacia abajo como una loca, repitiendo sin parar:

—Diga que sí, diga que sí. Lo vamos a pasar bomba.

No había manera de negarse. Los seres más tercos y mandones del mundo son los artistas.

—Pero, chico, tú es que no paras. Ahora a Estambul...

—El negocio, chico, el negocio.

—A ver cuándo encuentras un frutero millonario que quiera tener un cuadro mío.

Seguimos hablando un rato, de pie, junto al coche.

Esto de la exportación de frutas y conservas a mí me viene al pelo, porque teniendo por delante la pantalla de una marca que tiene nuestro apellido, a ninguno de entre mis amigos se le ha ocurrido nunca poner en duda el objeto de mis viajes. No se explican, además, que yo pueda vivir tan holgadamente de otra cosa.

Montamos en el coche. Al escultor le daban unos ataques de risa que le arrancaban grandes lagrimones. Se reía sin poder contenerse y parecía una gallina que estuviera poniendo un huevo. Conducía el muchacho de las gafas, que, por lo que me dijeron, era guionista.

No hacía muy buena noche. Las calles de Roma estaban medio desiertas. Brillaban las luces sobre el limpio pavimento de las calles como las candilejas de un teatro que se hubieran quedado encendidas después de la representación. Roma parecía un escenario vacío.

Estaba visto que toda esta pandilla de bohemios no tenía ganas de acostarse.

Encima de una colina, en el Gianículo, hay una academia de artistas donde encuentran asilo un grupo de pintores españoles. Allí vivía Carpe y allí nos llevó el coche, del que no bajó nadie más que el guionista que conduciendo me pareció un loco pernicioso y hablando, un bicho incongruente con atisbos de genialidad.

El guionista se llamaba —se llama, porque todavía vive— Pozuelo, y aunque solía reconcentrarse casi patéticamente, tenía arranques y vuelos de pájaro loco. Era muy impresionable. Recuerdo que de vez en vez solía gritar, mirando hacía el Vaticano:

—Carpe, ¿quién hizo el mundo?

Y Carpe, con una gran flema y deletreando la palabra, respondía:

—Facundo.

Al principio creí que la loca existencialista que no soltaba a Carpe era italiana, pero pronto pude darme cuenta de que todos sus italianismos eran pura broma. De todas maneras, la muchacha tenía un mimetismo extraño y su fuerte era imitar a todo el mundo. No era guapa, pero resultaba agradable. La voz la tenía algo ronca. Fumaba un cigarrillo rubio tras otro.

El coche se metió por Trastevere y en una plaza se detuvo. Hubo que bajar en una plazoleta que presidía un edificio de cierta majestad pintado todo en rojo. Por las callejas retorcidas, pasaba, de tarde en tarde, algún tipo solitario con camiseta de manga corta y aire un poco marinero.

—Un *capuccino* para el señor —pidió Carpe.

Ellos querían seguir bebiendo. Querían que yo no me durmiera. Estaban alarmados con mi mutismo.

—Pero ¿qué es lo que pasa en España?

—¿Es que ha muerto García Sanchíz? ¿Se ha desbordado de nuevo el río Segura?

Íbamos de un lado para otro por este barrio pintoresco en el que apenas dábamos con ningún transeúnte. Me hizo mucha gracia la hornacina iluminada de un santo, casi a tres pasos de una sede de distrito del partido comunista.

Volvimos a la plazoleta donde habíamos dejado el coche. Atravesamos después la Vía del Corso y entramos en otro bar.

—Hay que llevarlo a la Plaza de España para que se desangre de la nostalgia que trae.

—Eso.

—O lo llevamos a Florida y lo dejamos en manos de «La Fiorella».

Nadie más provinciano que los artistas cuando quieren sentirse cosmopolitas. Son de un papanatismo feroz. Yo me conozco paso a paso todos los cabarets de Roma y estaría casi feo que dijera que me sé los diferentes acentos de sus vocalistas. Pero había que resistir.

Además, lo único que realmente me distanciaba de aquel grupo era el cinturón, y el cinturón iba ceñido a mi vientre, quizá demasiado ceñido. Yo lo acariciaba de rato en rato.

También en la Vía de la Croce bajaron y se tomaron unas copas. Pagaba invariablemente el escultor. Quizá el guionista, con haber puesto el coche, había cumplido.

En un cafetín de la Vía de Tritone, Carpe cogió el teléfono y estuvo llamando a varios sitios.

Por lo que pude escuchar a Nella, todo aquel mundillo que estaba poniendo en movimiento eran extranjeros, sobre todo hispanoamericanos, hijos de altos empleados de embajada.

No era para que yo pudiera temer. Era bastante difícil, por no decir imposible, que mi cometido pudiera ser conocido en Roma. Y menos en este ambiente. Pero cuando hablaron de ir al Parioli, la cosa ya me gustó menos.

El mundo se mueve y sigue moviéndose traspasado de mensajes invisibles, mensajes que no son nuestros ni de nuestros enemigos, sino mensajes de un anónimo poder superior a nosotros mismos, caprichoso y fatal. Todo consiste en conquistarse estos poderes, en aliarse a la buena suerte de un modo premeditado, llamándola, invocándola, dejándola que habite en nosotros como hacen algunas familias con los gitanos que demostraron ser buenos, que les permiten dormir en la propia cuadra o quizá bajo el hueco de la escalera. Quizá el azar esté prefijado en armonía con nuestra disposición y deseo más de lo que nosotros mismos podemos sospechar.

El Parioli es un barrio moderno y elegante, donde abundan los chalets con jardines y terrazas. Hay residencias de estas donde cada piso es de un color. En el Parioli vive la gente más «pera» de Roma.

Abundan los coches extranjeros, sobre todo norteamericanos. En el nuestro íbamos muy apretados y Carpe se clavó en una revuelta la culata de mi pistola.

— ¿Por qué llevas arma?

—Me la colgó mi mujer —dije con un gesto de indiferencia—. Cree que Estambul está lleno de secuestradores.

—Yo te aconsejaría mejor una buena navaja.

Nella, el escultor y el guionista cantaban alegremente, siguiendo el compás de una melodía que retransmitía Radio Roma.

Cruzamos una verja y comenzamos a subir por una cuesta toda bordeada de finos cipreses y pinos redondos. Al final se veía una gran iluminación. A la puerta del chalet había media docena de coches.

La tierra estaba mojada. Roma se veía a lo lejos entre un vapor rojizo y neblinoso. Cundían los saludos, los besos y los abrazos.

—Otro español.

—¿Flamenco también? —preguntó un muchacho alto y rubio.

Nadie tenía allí aire de conjuración. Allí, de haber algo secreto, tenían que ser los vicios corrientes entre muchachos y muchachas. A lo más, podía pensarse en alguna amistad ambigua. Pero esto, más que nada, era fruto de la ociosidad. Ya se sabe lo difícil que es emplear bien la imaginación cuando se nada en dinero.

Carpe me presentaba a unos y a otros. Estaba contento y orgulloso de poder pasar ante mí como un hombre de mundo que se desenvuelve en ciertos ambientes. Se movía de un lado para otro con gran soltura. Nella vino en seguida con unos platitos de anchoas y en diversos viajes fue trayendo copas vacías.

—El que quiera algo que se sirva.

Me acerqué a una mesita y me puse ginebra en un vaso. Le eché unos trocitos de hielo y una rajita de limón.

Y ahora es cuando viene lo inesperado, lo insólito. La hija de la casa era una muchachita que andaba como de puntillas, con el pelo rojizo, unas pecas graciosas y gafas. Era realmente una chiquilla guapísima.

Los ojos, como un poco humedecidos tras los cristales, tenían algo de piedras preciosas. Se llamaba Livia.

—Vamos a jugar a un juego estupendo —dijo con acento muy dulce.

Era una norteamericana que había viajado mucho por América del Sur.

Carpe salió diciendo que no estábamos para juegos, que lo mejor era coger los coches e irnos de excursión.

El escultor también prefería que nos fuéramos, pero el guionista pedía que nos quedáramos. Las chicas estaban divididas.

—Lo que diga el recién venido, se hace —dijo la pelirroja.

No tuve que pensarlo mucho. Era preferible una velada, aunque fuera sosa y larga, a una excursión incongruente. El avión me había dejado un dolor de cabeza insistente y molesto. De cuando en cuando tenía que meterme los dedos en los oídos para quitarme de dentro del cerebro un rumor como de marea difusa. Me decidí por el juego.

—Pues dame tu cinturón —exclamó, alargando la mano, la rubia delicada y mandona.

—¿Mi cinturón?

No sé qué cara pondría yo en aquel instante. Uno está habituado a disimular, pero yo no estaba preparado para aquel golpe. A uno le han sucedido ya muchas cosas imprevistas e incomprensibles. Pero lo de aquella noche pertenecía a un mundo casi quimérico. Si me hubiera dicho en público «dame un beso», «por qué la madre de usted se llama Catalina» o «cómo ha consentido en casarse con una mujer a la que le falta medio seno», yo no hubiera quedado más perplejo.

Concretamente a un espía lo que se le pide, lo que se le exige siempre, es que no peque de negligencia, que esté a toda hora listo para trazar sobre una línea recta una serie compleja de líneas transversales que originen despistes razonables.

—Señorita, mi cinturón es intocable.

No esperó a que lo repitiera. La muy atrevida se acercó a mí y me puso, decidida, las manos en la hebilla.

—Es tan bonito... —repetía.

Será necesario aclarar que mi cinturón no tenía nada de llamativo ni de filigrana. Era un cinturón de buena calidad, pero corriente.

Uno tiene sus recursos. Y el de aquel momento fue burdo, pero práctico. El cigarro que me estaba fumando lo mordía y tragué las hebras del tabaco rubio. El efecto no se hizo esperar. Todos se dieron cuenta de que me sentía indispuesto.

Livia se quedó paralizada. No comprendía bien lo que me había ocurrido. Lo notaba en sus ojos. Me acompañó hasta el mirador. La ginebra se me había revuelto en el estómago y, sin querer, sudaba.

La línea recta es nuestro punto de apoyo, aunque haya que usar las transversales. La línea recta es la de la conducta, las transversales, las del disimulo y la escapada.

—Perdón, señorita, pero...

Lo más natural era que aquella niña se hubiera dirigido al cinturón como pudo dirigirse al reloj o a la pluma. Pero hay que estar siempre preparado para sortear estos pequeños obstáculos. Todo espía debe ser constante, inflexiblemente consecuente con su objetivo, y los accidentes hay que aceptarlos en tanto en cuanto sean eslabones que sirvan para que la cadena de los acontecimientos siga su curso normal y positivo.

A veces pienso que la vida del universo entero no es más que una estratagema perfectamente pensada y calculada por Dios; una partida cuyo resultado final Dios tiene que asegurarse a toda costa. Sin embargo, no es posible en todo instante lograr que el enredo de los diablos no consiga, aunque sea fugazmente, alguna trama ventajosa.

La señorita Livia llamó a la doncella. Quería que me prepararan a toda prisa una taza de té. El inglés, cosa rara, insistía en que mejor que el té sería un café bien cargado. A los demás los tenía a mi alrededor desconcertados. ¿Me había propuesto aguarles la fiesta?

—Y ahora, ¿nos vamos de picos pardos, sí o no?

—Sí, un poco de aire fresco le sentará bien.

Era ridículo tenerlos a todos allí plantados como estatuas. El escultor daba golpecitos nerviosos sobre un velador que tenía bajo el cristal las fotografías de algunos artistas de cine italiano. El guionista torcía y volvía a retorcer la colilla de un cigarro que humeaba en el cenicero, resistiéndose a apagarse. Los demás tomaban pastas y salchichas con verdadero apetito.

—Por mi parte, listos.

Eran las doce y media de la noche. Yo iba que me caía de sueño. Me colocaron en el coche entre la pelirroja y Carpe. Ahora el que conducía era el inglés.

Lo sentía por Carpe más que por nadie, pero no había nada que hacer. No había ambiente de bacanal por más que varias veces todos y cada uno de los componentes de aquella gira nocturna pusimos de nuestra parte todo lo que pudimos para demostrar que no nos aburríamos. Íbamos de un bar a otro, de un salón a otro, como fantasmas rutinarios. Roma cruzaba un momento de aburrimiento atroz.

Después de dedicarnos a iluminar con los coches parejas de novios apostadas en los jardines del Foro, una de las veces nos llevamos la gran sorpresa, porque dimos con un par de muchachos apostados contra un árbol.

Los comentarios que hacían ante cada nuevo descubrimiento eran bastante procaces lo cual aumentaba mi malhumor. Nunca he podido con los bohemios que guardan todo su ingenio para las juergas, ni con las muchachitas que se las quieren dar de pervertidas.

De esta noche funesta, aparte del incidente del cinturón —del que se habló mucho más, pero ya siempre en tono jocoso—, el recuerdo más fortificante que conservo es el de la despedida. Todo aquello me asqueaba.

Estábamos sobre las colinas, sentados sobre unos bancos de piedra. A la izquierda se destacaba la cúpula de San Pedro, como un cucurucho de papel que un niño dejara abandonado en un jardín. Carpe se había alejado con una de las muchachas. El guionista y Nella, cogidos del brazo, se internaron por entre los árboles. El escultor, dándose puñetazos en el pecho y respirando fuerte, no hacía más que decir:

—¡Qué hermosura!

A mi lado estaba la pelirroja. Yo creí que ella lo estaba esperando y, sin pensarlo demasiado, me dispuse a besarla. No sé realmente por qué hice aquello. Tampoco podía figurarme que reaccionara ella como reaccionó. El caso es que me clavó las uñas en la cara: en la barbilla, principalmente. Me hizo una carnicería.

Y sin esperar el regreso de Carpe ni de ninguna de aquellas parejas, desaparecí. Iba dispuesto a dormir un rato, aunque fuera en el quicio de una puerta, en la escalerilla de una iglesia, o en el banco de un jardín.

III

Como las oficinas de la compañía aérea estaban cerradas me dediqué a dar unos paseos por la calle. Pero estaba materialmente deshecho. Me dormía de pie. De cuando en cuando pasaba por el medio de la calle alguna moto y me despejaba un poco.

Tampoco en las oficinas, cuando las abrieron, me fue posible encontrar ni un sillón siquiera. Todos los muebles estaban amontonados y cubiertos con grandes tiras de papel. Incluso los teléfonos estaban cubiertos con trapos blancos y permanecían sobre las mesas escayolados. Los cables habían sido desprendidos de la pared. Estaban en obras y festoneaban las desnudas columnas del salón como serpentinas deprimentes. Los mostradores tenían un metro de polvo.

Cerca de allí había una cafetería algo destartalada, en un segundo piso. Para llegar al pequeño salón había que subir unas escaleritas estrechas de madera pintada de verde. Había media docena de obreros. Me tomé dos cafés. Tuve que salir rápidamente a la calle y, apoyándome sobre una farola poniendo mucho cuidado en no mancharme los pantalones, devolví.

Ya transitaban por la calle algunos trabajadores. Pasaban los coches de la basura tocando unos pitos extraños. A la puerta de las oficinas de la compañía aérea esperaban algunas personas. Fui el primero en subir al coche que había para trasladarnos al campo. Me sentía francamente mal. Me dolían principalmente los ojos y no podía fijarme en nada. Abominaba de Carpe y su pandilla.

Fue casi en el momento de arrancar cuando se presentó aquella partida de insensatos, dando voces y sacando los pañuelos por la ventanilla. No me quedó más remedio que poner cara complaciente y decir adiós con la mano varias veces.

Me habían brotado en los labios unos granos de fiebre. Ya en el campo me tomé una aspirina y dos copas de coñac.

Cada vez que las tripas me zurrían, miraba hacia el cinturón y le pasaba la mano con todo disimulo. Entonces fue cuando me puse a pensar seriamente en lo absurdo de mi situación. ¿Llevaba yo lo que mi jefe había decidido hacer llegar a Estambul? Podía ser que mi cinturón fuera vacío. Pero lo que era indudable es que, llevara algo dentro o no llevara nada, yo tenía que portarme como si realmente lo llevara. Es más, nuestros enemigos se iban a portar probablemente como si sobre este particular no hubiera la menor duda.

Mientras nos avisaban para tomar el avión hice varias compras. A mí siempre me gusta rozar un poco lo temerario, y tuve en las manos un cinturón que me costaba una cantidad exorbitante de liras. A última hora lo devolví y me quedé con un pañuelito de seda y un mapa de Europa.

En el avión dormí un buen rato. Fue al llegar a Nápoles cuando tuve repentinamente mi primer ataque de nervios. Me desperté sobresaltado y me fui corriendo a la puerta del avión. Seguramente iba soñando.

Sólo la azafata se dio cuenta de lo que me ocurría. Los demás viajeros debieron de creer que me había dirigido a los «servicios».

—¿Va cerrada la puerta? —le pregunté a la azafata, por lo bajo, en un estado como de delirio.

—Sí.

—Pero ¿está segura de que va cerrada?

—Sin la menor duda.

—Ciérrela bien, yo le suplico que la cierre. Pero ciérrela de manera que yo no pueda abrirla, aunque quiera.

La azafata había dejado de sonreír. Es posible que le haya tocado presenciar más de una vez algún diálogo de estos y hasta quizá no siempre hayan terminado tan pacíficamente como concluyó el mío.

Yo hacía esfuerzos por olvidar que existía una puerta. Pensaba esforzadamente en la puerta como en una plancha lisa sin asidero alguno.

Por supuesto, me tranquilizaba mucho pensar que yo no sabía abrir aquella puerta. Pero toda clase de cierres y llaves eran vertiginosamente estudiados por mi imaginación y al instante descubría la clave.

Me amarré fuertemente al cinturón del asiento. Me negaba a levantarme de nuevo. Sabía que si me levantaba podía ser fatal para mis nervios, pues, aunque no me atreviera a nada —lo más seguro es que no me atreviera a nada—, iba a pasar un mal rato y se lo iba a hacer pasar a la azafata. Eso si no asustaba a todos los pasajeros. Esta tensión me hacía reír un poco, porque yo sabía muy bien que era una cosa pasajera y que tan pronto como la venciera me parecería ridícula. Hacía mucho tiempo que no me sucedía nada parecido. Mis nervios están muy templados ya para todo género de emociones.

La parada en Nápoles fue de dos horas aproximadamente. Esto me sirvió para conocer un poco el pasaje del avión. Aunque mi función ahora era puramente pasiva y se limitaba al cinturón, uno debe estar siempre pronto a la que salta. Estoy convencido de que es de un modo fortuito y trivial como se llega a los grandes descubrimientos.

No me moví del restaurante del campo. Cada dos minutos o tres arrancaban con gran estrépito y polvareda aviones de reacción. Estaban haciendo prácticas. Subían y bajaban constantemente. No permanecían en el aire más de ocho minutos. Pasaban casi rozando los tejados de los nuevos edificios que hay en los alrededores de Nápoles y los obreros ni levantaban la cabeza para mirarlos. El ruido de los motores no contribuía nada ciertamente a calmar mi exasperación.

Pero, en realidad, ¿por qué estaba yo irritado, inquieto y melancólico? Era quizá el recuerdo de la muchacha pelirroja, su cínica desenvoltura que tanto se parecía al candor, su calculado coqueteo conmigo, sus fríos y bárbaros arañazos en la barbilla. Me llamaba a mí mismo colegial, pipiolo, aprendiz, estúpido.

Cinco minutos antes de salir el avión me llamaron a la cabina telefónica

—¿Naranjas chinas?

—Al aparato.

—Duerma bien, descanse. Lo necesita

—En Estambul habré de engordar, no se preocupe.

—Ojalá vuelva, que no necesite ni cinturón si quiera. Puesto que son vacaciones, gócelas.

—Eso haremos.

Todo iba a las mil maravillas. El informe de Madrid era justamente el convenido. No había más que decir.

Al remontarse el avión, la azafata me sirvió una pastilla coloradita y un vaso de agua. La tragué fácilmente.

Sobrevolábamos el Vesubio. A lo lejos se divisaban montañas nevadas. Los ojos se me fueron cerrando blandamente. Los dedos se me habían quedado señalando Atenas sobre el mapa. Era mi etapa siguiente.

No soy de los que pueden demorarse cuando hay que cumplir un cometido. Me entra una prisa enorme y tengo que dominarme para dar una sensación absoluta de calma

—¿Un trago de whisky? —me dijo el vecino de detrás de mi asiento, ofreciéndome una graciosa petaquilla.

—Gracias, si acaso luego, un poco más tarde.

Era un tipo algo achinado, muy pálido y ojeroso, que tenía en los ojos como dos nubecillas blancas. Si no hubiera sido por lo del whisky habría asegurado de antemano que padecía gravemente del hígado. Llevaba una chaqueta de terciopelo y guantes grises.

Pronunciaba el español silabeando muy bien y correctamente, pero con acento extranjero. Llevaba sobre las rodillas una *Kodak* pequeña, bastante antigua.

Al hablarme se me echaba un poco encima. La respiración le olía como a sustancias químicas.

—¿Se queda en Atenas?

—No, sigo.

Viajábamos entre nubes grisáceas. Sólo de tarde en tarde las alas del avión despedían algún destello luminoso. La azafata vino con una bandejita y nos ofreció unos caramelos. La mayoría de los pasajeros dormían.

Mi interlocutor se pellizcaba continuamente la puntita de la nariz, una nariz de pájaro, que cuando creía que nadie le veía se restregaba un poco contra la ventanilla del avión. Parecía justamente un pájaro que hubiera estado picando brevas.

—Por lo visto, le han dejado un mal recuerdo en Roma.

—¿A mí?

—No me va a decir que no ha sido una romana la que le ha arañado.

—No era romana, no.

—Pero eso fue seguramente de esta misma madrugada.

Al decirlo miraba atentamente mi anillo de casado. Había que dejarle que se desahogara. De estos tipos los hay a millares. No se sabe de dónde surgen, pero cuando menos falta hacen aparecen como moscardones pesados. Era uno de estos tipos a los que les crece la barba por minutos.

En Atenas llovía a mares. Teníamos la mesa preparada para el almuerzo. La sopa caliente me resultó confortante.

Mi vecino de viaje escribió varios telegramas. Dio una buena propina para que se los despacharan rápidamente.

Cuando ya nos dirigíamos al campo, sonó mi nombre y mis apellidos en el altavoz. Se me pedía que acudiera a la cabina telefónica. Cuando llegué no había nadie al aparato. Me quedé varias veces repitiendo: «Diga, diga, diga...» Pregunté a la encargada de la centralita y me dijo con toda seriedad que no recordaba que me hubieran llamado.

—Seguramente habrá sido cosa de la compañía. Si hay algún mensaje para usted se lo llevarán ahora al avión.

La azafata no sabía nada. Es probable que hubieran gritado mi nombre y apellidos, pero podía muy bien tratarse de una equivocación. A lo mejor se habían confundido momentáneamente y creían que yo me quedaba en Atenas.

—Puede ser también que haya creído que le llamaban y sea algún nombre y apellidos parecidos.

—Eso no es posible. No creo que viaje en el avión ningún otro español.

—El señor que va junto a usted también es español.

Esta salida, que no esperaba, me vino a intranquilizar mucho más.

—Creo que le llamaban por teléfono —dije al sentarme.

—¿Sí?

Salió corriendo del avión, avisando a gritos que hicieran el favor de aguardar medio minuto. Era importante.

Desde luego hablaba correctamente el castellano, pero no se me había ocurrido pensar que fuera español. Seguramente había vivido mucho tiempo fuera de España. El avión sólo esperaba para ponerse en marcha a que llegara nuestro hombre. Llegó limpiándose el sudor con un pañuelo de seda. Antes de sentarse me puso la mano en el hombro y me dijo:

—No sabe cómo se lo agradezco.

—¿Pero era para usted?

—Por supuesto. Me ha hecho un favor inmenso.

—Ahora sí que hay que celebrarlo —y me tendió la petaquilla de whisky.

Tomé dos vasitos y nos pasamos a dos asientos juntos que iban libres. En nuestro oficio, mejor que aceptar la tentación hay siempre que tentar. El que provoca acaso evita que los demás puedan zarandearle a él. Todo tiene importancia y nada la tiene; es una de las consignas del jefe.

Cada vez estaba yo más seguro de que mi nombre había sonado por el altavoz.

La azafata nos puso delante unos papeles que había que llenar. Entrar en Turquía no era por aquellos días cosa muy agradable. Se exigían muchas formalidades.

—Pero ¿todavía no corre prisa?

La azafata le contestó muy sonriente.

—Hay tiempo.

Era evidente que tratara de evitar que yo metiera la nariz en su ficha. Tampoco a mí me hacía ninguna gracia. Desconfiábamos uno del otro visiblemente.

Mi interlocutor se había quitado la chaqueta. Decía que no podía aguantar el sudor, cosa que no me sucedía a mí, que más bien sentía un poco de frío. Llevaba camisa de nylon y, de cuando en cuando, muy finamente, con dos dedos, se desprendía la prenda del cuerpo por diferentes sitios. Daba la impresión de que cualquier roce le excitaba.

Pero lo más sorprendente, es decir, lo más natural, pero que a mí me llamó la atención, es que llevaba tirantes. Si yo no hubiera estado un poco obsesionado por mi cinturón, posiblemente esta circunstancia me habría pasado hasta inadvertida. Pero llevaba unos tirantes escandalosos, provocativos. Parecían haber sido puestos únicamente para que se le preguntara por ellos. Aquellos tirantes le resultaban seguramente un buen pretexto para estirar su torso cada dos minutos y, levantando un poco el elástico, separar la camisa del cuerpo.

No se veía nada la tierra. Las nubes nos envolvían. Debíamos de estar viajando a unos tres mil metros. Estaríamos cruzando alguna cadena de montañas y entre ellas habría valles angostos donde vivían trabajando la dura y amable tierra unos hombres elementales y sencillos. ¡Qué pocos son los hombres que viven entrometidos en estas enmarañadas cuestiones en las que nosotros nos debatimos y a veces llegamos a perecer! Lo corriente es que el hombre viva ceñido a su pequeño terruño, con sus amores y sus odios, pero sin ir por el ancho mundo buscando amigos peligrosos y celebrando reuniones complicadas. Lo que a mí más me maravilla del planeta es esa mansa obediencia de los hombres a vivir junto a las minas profundas y los ríos fértiles con la única preocupación de sacar un pedazo de pan y alcanzar un poco de alegría. Ya sé que esta ilusión no se cumple del todo, que, aunque vivan hundidos en la tierra y con los instrumentos de trabajo siempre en la mano, de tarde en tarde surge una pasión violenta que destruye la paz y no para hasta derramar la sangre. Sin embargo, estos dolores nacen de la sinceridad con que unos tratan de imponerse a los otros; pero nunca es producto de una maquinación industriosa, donde todo está medido al milímetro, donde la pieza no es nunca nada comparada con el resultado de la empresa. Y nuestras empresas pudiera ser que, en algún caso, ni el primer jefe supiera en qué consisten. Esta sospecha la he tenido yo muchas veces.

—Estambul —comenzó a explicarme aquel interlocutor que pasaba por compatriota, yo creo que un poco a la ligera— no es una ciudad recomendable en absoluto.

—¿Hay disturbios ahora?

—En Estambul rara vez hay disturbios. Es una ciudad que está edificada sobre pliegues y recovecos, y por tanto no es un buen escenario para batallas campales. En Estambul lo que se fabrica sólo, sin más intervención que la del suelo, es la intriga. Las intrigas se dan allí como hongos

—Bueno, eso ocurre con todas las ciudades grandes y un poco orientales, donde cada barrio es un mundo —añadí, pedanteando a conciencia.

—No, pero Estambul es algo más, algo peor. ¿Ha estado alguna vez en Estambul?

—No.

—Pues ya lo irá viendo.

—¿Usted vive en Estambul?

—Por Dios, no afortunadamente. Yo vivo en Ankara.

—Tendrá negocios allí.

—¡Qué va! Nada de negocios. Mi ocupación es deportiva.

Lo dijo riendo, lo que me hizo ver en la frase un rasgo de malicia. No una malicia formal y entera, sino esa malicia blanda que es tan frecuente, como he podido comprobar después, en la policía turca. La Policía turca, obligada a sostener una tensión constante, padece toda un poco de los nervios, lo cual no es un defecto, sino más bien algo que la ayuda a vivir siempre en forma y muy despierta. La Policía turca no tiene que calentarse mucho la cabeza ni gastar mucha imaginación para ir al fondo de los asuntos. Los asuntos más bien le vienen a la mano a la vuelta de cada esquina

—Ya me figuraba yo que usted no era español.

—Sí que lo soy.

—Pero vivirá mucho tiempo fuera...

—Desde el año treinta y nueve. Yo fui de los españoles que perdieron la guerra.

—¿Ve? Esta es una frase poco afortunada. Se lo digo como lo siento. En España, o todos perdimos la guerra o todos ganamos la guerra. ¿Ha estado ahora en España?

—¿Tengo yo cara de venir de España?

—¿La tengo yo?

—Usted sí. Se le nota a la legua.

—¿En qué?

—En que todos los españoles que salen fuera, aunque sea a vender zanahorias, llevan el miedo en la cara.

—¡Ja, ja! —Me reí con ganas, lo cual le aturdió un poco.

—Sí, lo que le digo. Los españoles de ahora que salen fuera parece que vayan temiéndose algo, que les riñan o que les peguen. Todos llevan un gran susto encima.

—¿De veras que mi cara demuestra miedo o algo parecido?

—No, su cara demuestra más bien indecisión.

—Yo no creo —repliqué rápido— que mi cara pueda explicar ninguna clase de indecisión. Sí acaso, expresará cansancio. He pasado una noche de mil perros.

—Y al final le arañaron —y se rio estrepitosamente.

—Eso es un accidente sin importancia. Yo soy partidario de recibir en cada sitio una impresión distinta. Así, luego recuerdo completamente mi viaje. Esta estancia en Roma se llamará la del arañazo.

—Debía de ser una mujer bravía, ¿eh?

—Todo lo contrario. Era una niña muy delicada.

No sólo sonreía con los ojos y con los labios. Sonreía con los dedos de la mano y quién sabe si con los de los pies. Estaba visiblemente contento con la conversación. Hasta llegó una vez a darme un golpecito en la rodilla.

—Comenzando así, ¿cuál será el recuerdo que recoja en Estambul?

—Eso, sólo a la vuelta podré saberlo.

El avión se bandeaba hacia los lados. No se veía nada por la ventanilla, que iba toda empañada de humedad. Goteaba agua el cristal.

—¿Y qué hace en Ankara, si se puede saber? —le pregunté, audaz.

—¿Que qué hago en Ankara? Pues yo soy el entrenador del equipo de fútbol. Claro, usted es demasiado joven, pero mi nombre ha salido muchas veces en los periódicos antes del 36. Jugaba en España en un equipo de primera.

—Para mí el fútbol es magia negra; por eso, aunque me diga su nombre, no me sonará. Lo que sí es una lástima es que no viva en Estambul, porque quizá me podría haber servido de mucho.

—Bueno, yo, aunque no vivo en Estambul, suelo ir casi todas las semanas, y me tiene a su disposición.

—Muchas gracias.

—Sí, hombre, aunque no estemos en la misma línea y seamos de lo mismo, ya sabe que todo lo que yo pueda...

—No sabe cuánto se lo agradezco; pero me da la impresión de que usted es un sentimental terrible. No deja quietos ni los recuerdos históricos. ¿Cuantos kilómetros hay desde Ankara a Estambul?

—Unos doscientos; pero la carretera es infame.

—¿Y no le gustaría volver a España, aunque fuera como entrenador de un equipo de segunda?

Aunque hizo esfuerzos por pasar la broma, noté que le había herido. Creo que se estaba llevando un gran chasco. Sin saber por qué, me había sentido invadido por un optimismo atrevido, y él parecía bastante sorprendido. Uno tiene ya muchas horas de vuelo y sabe muy bien que no son estos tipos entrometidos los que proporcionan mayores dolores de cabeza. De haberse resignado a su asiento es probable que me tuviera en vilo y bastante más preocupado.

Pero él tenía forzosamente que hacerme una pregunta. Pensara lo que pensara, no tenía más remedio que acabar diciendo:

—¿Y a qué va, si se puede saber, a Estambul?

—Usted, posiblemente, no lo comprendería nunca. Si usted es un deportista, no se explicará que alguien se tire unos cuantos miles de kilómetros al coleto por ver si en la próxima Feria de Muestras de Turquía pueden figurar dignamente los limones, los tomates y los melocotones de España.

Mi vecino tuvo que cogerse un poco su abultada barriguita como para evitar que con la risa se le escapara. La barriguita de este tipo, con rostro famélico y cuerpo más bien delgado, era todo un poema.

—¿Con que usted es un repartidor de vitaminas naturales españolas? —Y la palabra naturales la subrayó exageradamente.

—No hago más que seguir la tradición. Mi padre vendió frutas, yo vendo frutas. ¿Cree que sólo ustedes, los deportistas, corren aventuras? Vaya usted a los pueblos de Murcia, vaya concretamente al mío, y se quedará pasmado. Los hijos nacen con el compromiso de seguir por el mundo las huellas de sus antepasados. En ninguna parte del mundo falta un exportador murciano.

—Pero yo creía que esto quedaba para gentes de tercera clase.

—Está muy equivocado. Tres años de frutero internacional pueden pasar muy bien por dos en Roma, uno en París y nueve meses, es decir, un curso, en Oxford. ¿De qué parte de España me dijo antes que era?

—Soy de Gerona.

—Creí que me había dicho que era vasco.

—¿De dónde ha sacado eso? ¿En qué me parezco yo a un vasco?

—Pues, a lo mejor, en nada; pero se me ocurrió así.

Nos pasaron un «parte del vuelo». Nos quedaba media hora escasa para aterrizar. La mayoría de los pasajeros comenzaron a rebullirse en los asientos y a buscar las partes fragmentarias del equipaje. Nos pasaron la hoja de entrada para que la rellenáramos. Cada uno nos fuimos a nuestro asiento.

La azafata no había vuelto a recordarme mi ataque de pavor cuando me acerqué a la puerta del avión y ella me detuvo con tan dulces palabras. Ahora me ofrecía una copa de ron.

Se encendió el aviso de que dejáramos de fumar y nos pusiéramos el cinturón. Estábamos llegando. Eran exactamente las seis y cuarto.

Fuera llovía y se agitaba un viento húmedo y, a ratos, demasiado frío. Los requisitos de la

Policía se hacían interminables, y no digamos nada la declaración de moneda.

Mi vecino andaba de un lado para otro, creo que bastante nervioso.

—Haga por acercarse a Ankara.

—Lo veo muy difícil.

—Si va, no deje de avisarme.

Este diálogo resultaba extrañamente falso, porque mi vecino parecía verlo todo fácil y posible mientras su persona se mostraba resbaladiza y casi irreal. Por supuesto, ni me había dicho su nombre ni sus señas. Tampoco yo puse mucho interés en profundizar.

La índole de mi cometido exigía que yo procurase suprimir toda iniciativa. Lo que fuera de mi gestión vendría hasta mí. Mi actitud tenía que ser la del que espera, la del que se ofrece sin esfuerzo alguno de su parte, para que le localicen y desvalijen. He cumplido muchos encargos en mi vida y algunos prácticamente peligrosos y difíciles; pero este de Estambul, aparte del clima de persecución en que se iba a desarrollar, contaba además con el factor de la tontería. Yo era un enviado que, hiciera lo que hiciera, tenía que dar impresión de avispado y precavido, cuando, en realidad, sin ningún género de dudas, el más ajeno de todos al giro de los acontecimientos era yo. Sin embargo, sería estúpido por mi parte negar que, sabiendo lo grave del asunto, me iba naciendo una curiosidad irreprimible por participar en la trama como sujeto consciente y reflexivo.

Vi que mi vecino cogía un maletín y, en vez de salir por la puerta, se metía de nuevo en el campo.

—Pero ¿es qué regresa de nuevo a Roma?

Noté que se había molestado, pero supo disimular y, dejando, muy circunspecto, el maletín en el suelo me tendió la mano, diciendo:

—Hasta la vista.

—Hasta la vista, amigo —y sonreí, por llamar amigo a un tipo tan cargante como aquél. Ignoraba yo entonces aún la estrecha relación que existía entre nosotros, sin saberlo ninguno de los dos.

Había desaparecido. Era el único de todo el avión que me había sugerido peligrosidad. Pero uno tampoco debe hacer caso de estas corazonadas.

La policía nos repasaba como si fuéramos presos que salen de la celda a la sala de visitas. La policía turca tiene fama de perspicaz y hábil. No hay nada que decir en contrario. Sin embargo, lo que sí le falta es un poco de modales. Al menos, eso me pareció en aquel momento.

IV

El campo de aviación quedaba bastante alejado de la ciudad. La carretera hasta Estambul no podía ser peor. El coche se hundía en inmensos barrizales y, de vez en cuando, saltaba sobre trozos desnudos de piedra.

Subíamos y bajábamos por unas colinas sobre las que, de tarde en tarde, aparecían breves y disueltas arboledas. Constantemente nos íbamos topando con unos tipos muy enfundados que vestían con mucha ropa, pero pobremente. Les colgaban trozos deshilachados por todas partes.

Había cogido el primer taxi que me habían señalado. Yendo como iba, no era cosa de apercibirme demasiado. Posiblemente, el éxito de esta empresa consistía en que yo me despreocupara, en que desde el primer momento aceptara las cosas como fueran viniendo. No debía prever nada ni tratar de relacionar personas y hechos. Eso quedaba para otros instantes y otra clase de encargos.

E1 taxista era un tío grandullón con un cuello enorme, que se balanceaba en el asiento cómicamente. Le sobraba cuerpo y brazos para conducir el coche y se aplicaba a él con cierto cuidado y levedad, como si fuera uno de esos niños grandes y un poco retrasados que se pasan las horas dando cuerda a un cochecito y siguiendo con el cuerpo los movimientos del juguete.

—¿Qué hotel busca el señor?

—Vaya al centro de la ciudad.

—¿A qué centro?

—Siga, siga; ya le avisaré yo.

Nos entendíamos un poco en inglés. Por dentro el taxi estaba completamente deteriorado a pesar de que era un coche americano de los últimos modelos. Se distinguen en Estambul los taxis en que llevan alrededor una franja de rectángulos negros y blancos.

Esta entrada a Estambul podría decirse que incluso tenía cierto encanto, si no fuera porque el paisaje rezumaba aquella tarde una tristeza incontenible por todas partes. Seguramente esta impresión surgía de la humedad y de la niebla.

La hierba que crecía por las laderas era muy corta y raquítica. Crecía a rodales. Los árboles se levantaban un poco encorvados y parecían vagabundos ateridos de frío, que emprendían la huida hacia otros horizontes más risueños. El verdor de la campiña era un verdor amarillento, enfermizo.

Las casas ofrecían un aspecto de soledad y abandono siniestros. No se podía comprender qué hicieran en medio del campo aquellos hombres y mujeres que, como perros de lana muy mojados, iban y venían entre huertecillos insignificantes y caminillos intrincados. De vez en cuando, de las ramas de un ciprés solitario o de unos chopos alineados salían bandadas de pájaros, que volaban de un lado hacia otro, sin rumbo fijo, como desconcertados.

Pasamos algunos barracones de madera, en cuyas ventanas asomaban sus cabezas peladas los soldados. Otros se lavaban sus ropas en los remansos de un riachuelo.

Aunque todo el campo y la carretera estaban poblados de sombras que transitaban como perdidas y enajenadas, los alrededores de Estambul tenían algo de alucinante peregrinación. Nadie cantaba ni se reunía en grupos, pero todos, muy ágiles, avanzaban como si fueran a una romería silenciosa y absurda.

Los barrios se iban sucediendo, unos con casitas de madera muy bajas y puntiagudas, otros con edificios iguales de ladrillos rojos y, de tarde en tarde, aparecía la mole desnuda y solemne de un edificio con apariencias de palacio, o las agujas rectas de una refulgente mezquita.

Ya sabía yo muy bien que Estambul era la anarquía viviente y que penetrar dentro era entrar de lleno en la aventura. No en mi aventura concreta, que era la importante, sino en la aventura de miles y miles de seres que, ya desde lejos, daban la impresión de haber perdido algo y de buscarlo fatigosamente, incansablemente por los callejones y las hondonadas.

El taxista iba muy atento a las aceras, como si fuera a encontrarse en la bocacalle de un angosto callejón algo muy valioso que hubiera perdido. Había disminuido la marcha. De vez en cuando miraba al espejito y me examinaba meticulosamente. Por fin, se atrevió a hablar de nuevo:

—¿Italiano?

—Español, español.

—Muy bien —e hizo un gesto de aprobación insistente y algo irónico.

El taxista tenía unos ojos muy grandes y compasivos. Acaso demasiado compasivos.

Unos tipos apostados en las aceras iban tendiendo la mano al taxi. El taxista se retorcía el bigote con el nudillo de la mano derecha y proseguía su carrera. Sonreía casi cruelmente cada vez que veía una mano tendida. Pero no dejaba de ir al acecho de los transeúntes.

El adoquinado de la calle era infame y el coche saltaba más que un molinillo de café. El taxista, con la inmensa mole de su cuerpo, procuraba ir sentando. Si no la confianza, por lo menos la ilusión de que lo que estaba por venir era ya liso y sencillo. A veces hasta conseguía tranquilizarme.

Estambul era un trepidar acompasado y vertiginoso de pisadas humanas. Todo Estambul era una tremenda pisada humana en la que resonaban miles de pisadas, unas blandas, como hundidas en el barro, y otras duras, tensas, como petrificadas en escaleras sobre la roca viva. Impresionaba aquel ritmo loco y acompasado de pisadas. Descansaba Estambul en la última luz del crepúsculo, una luz plomiza, hosca, extraordinariamente mansa para la agresividad que la ciudad ofrecía desde el primer momento.

Muy pronto nos metimos en una riada furiosa de coches, que discurrían por las calles estrechas y pinas, a una velocidad realmente de pánico. Sorprendía que no chocaron unos con otros. Se veían coches de todos los colores, coches nuevos, pero machacados de abolladuras y arañazos tremendos. De vez en cuando, aquella cadena mecánica se interrumpía un minuto, un minuto atrozmente largo, y nuestro vehículo quedaba frente a otro taxi, en cuya ventanilla se achataba horrendamente el rostro de un hombre de aspecto cándido y pacífico. Al echar a andar de nuevo, aquel rostro se contraía y mascullaba palabras incomprensibles, que daban que pensar en venganzas terribles.

Una de las veces que un transeúnte tendió la mano al coche, el chofer paró en seco, con riesgo de que el que venía detrás nos diera un topetazo. Si el de atrás no hubiera sido listo para frenar, cien coches o más habrían chocado el uno contra el otro. Pero los frenazos se fueron repitiendo como el eco de una campana. Cuando quise darme cuenta, ya había subido y se había colocado junto a mí un tipo con el pelo en punta, cortado en disminución, porque en la coronilla de la cabeza quedaba justamente al rape. Su pelo era rubio, pero llevaba a circulitos pequeños como manchas violeta de tinta. Parecía que se hubiera restregado un tampón por distintos sitios.

Con perfecta paciencia de artesano, se puso a morderse las uñas. Se las mordía haciendo un ruidito como de taladradora mecánica. Cuando acabó con los diez dedos, sacó una pitillera y me ofreció un cigarrillo turco.

—Caballero, usted podría hacerme un favor extraordinario.

—¿Yo? Está totalmente equivocado —le respondía en italiano, como él se había dirigido a mí—. Sepa que acabo de llegar de viaje.

—Efectivamente.

Entonces saqué el plano de la ciudad y, con la punta del lápiz, intenté localizar el lugar en que me encontraba. No era fácil. El acompañante me lo señaló con toda exactitud.

—Muchas gracias —le dije.

No me hizo caso y se puso a hablar a gritos con el chófer. Hablaban turco, aunque tampoco estoy seguro de que fuera turco legítimo, sino algún dialecto determinado. El caso es que ellos dos hablaban a gritos y discutían. El taxista a veces llegaba a soltar las manos del volante, sin tener en cuenta que nos deslizábamos por una pendiente casi suicida. Indudablemente, ellos dos, no sólo se conocían, sino que estaban de acuerdo en muchas cosas. Aunque no entendía nada de lo que decían, pude convencerme de que se referían al aeropuerto y a un avión concreto. Dos o tres veces miraron cada uno su reloj de pulsera y siguieron discutiendo. Yo digo que discutían por el tono de voz que empleaban, pero probablemente lo que hacían era ponerse de acuerdo, porque los turcos sostienen a gritos las conversaciones más pacíficas.

Estábamos entrando en la ciudad. Estambul hervía de multitudes. Eran unas multitudes constantes, que desfilaban con paso silencioso en distintas direcciones. Eran muchedumbres formadas por miles de tipos, si bien podía apreciarse a simple vista que rara vez dos personas coincidían o iban juntas; cada una se manejaba completamente ajena al vecino y aun muchas veces totalmente opuestas. Unos caminaban hacia un lado y otros hacia el contrario. Aun los que marchaban en la misma dirección daban la impresión de estar deseando separarse o alejarse unos de otros. Estambul se alimenta de rebaños de hombres, de rebaños de mujeres, de rebaños interminables de taxis colectivos, que transportan de un lado a otro muchedumbres de mujeres y hombres juntos.

También las casas producían una sensación extraña. Pocas veces una calle era algo uniforme y seguido, sino que cada casa quería ser una calle por sí sola, y bien por el tejado, la fachada, el jardín o los balcones, trataba de imponer una personalidad propia y aislada. Unas eran de madera y parecían tostadas por el humo; otras, recargadas de adornos inverosímiles, parecían mofarse del cemento liso y de la piedra. Era de vez en cuando el ladrillo rojo el que lograba en los altozanos efectos más fastuosos y deslumbrantes. El ladrillo rojo, que sobresalía entre los tejados escalonados y las cristaleras recargadas, daba a las negruzcas hondonadas y a las apretujadas colinas una nota de calor humano. Aquel lazo patético de ladrillo servía de transición entre el mármol suntuoso y la vieja madera carcomida. Estambul resultaba una ciudad grotesca, pero en cierto modo sublime. Tenía una aspereza de cosa próxima al desierto y, al mismo tiempo, abundaba en todo lo que constituye el artificio exquisito de la civilización.

Los tipos que circulaban por las calles eran muy diversos, a veces excesivamente diversos, y, sobre todo, inarmonizables, absolutamente chocantes. Eran hombres y mujeres que chocaban en la rutina que no cabían en cualquier ojo habituado a lo que ofrece cualquier ciudad europea. En medio de aquella rabiosa multiplicidad podía muy bien palparse y aun profetizarse una rebelión sangrienta en cada esquina. Eran unos tipos algo sonámbulos, que daban tres pasos rápidos y uno calmoso, que hablaban tres palabras a gritos y una a media voz, que miraban al cielo con cierto arranque de belleza y de pronto hundían sus ojos en el suelo y parecían querer llegar a lo profundo de la tierra.

Las turcas vestían a la europea, muy ceñidas y llamativas. Las mujeres del interior llevaban pañuelos a la cabeza, y las de la ciudad, joyas caras. Los hombres de la ciudad marchaban un poco mecanizados, con monos o con trajes de telas recias. Los del campo vestían amplios abrigos y se ajustaban un gorro hasta cerca de las cejas. Los niños parecían soldados diminutos, y sus pantalones largos se anudaban encima de la bota. Muchos llevaban gorrita con visera.

—Le dije antes —continuó— que podía hacerme un favor extraordinario, y tengo que recordárselo. Si ha llegado en el avión procedente de Roma, que hizo escala en Atenas y que aterrizó a las seis y cuarto en punto, usted es la persona indicada para darnos una pista.

Interrumpió la charla y se puso a conversar con el taxista. Al parecer, el taxista no era partidario del sistema que empleaba mi vecino, o, si estaba conforme, lo que reclamaba es que insistiera más en el mismo procedimiento.

En Estambul comenzaban a encenderse las bombillas eléctricas de las calles. Había cesado de llover, y sobre las torres de algunos edificios y los pinchos de las mezquitas sangraba el cielo una calentura de siglos sobre el cuerpo de la ciudad.

Era difícil seguir calles rectas. Todas eran cortas, confusas, sinuosas, secretas, misteriosas. De trecho en trecho cruzábamos algún jardincillo tapiado que era un cementerio. Aparecía al fondo el tintero en alto de un minarete con la mitad entre la niebla y las nubes.

—¿Puede aparcar aquí un momento?

—Si acaso, en la esquina.

—Pues en la esquina.

Noté que mi resolución les había contrariado. Pero no pudieron evitarla. Cuando se quisiera dar cuenta, ya estaba yo en tierra tomando el número al taxi. En seguida me colé en una casa. Ellos no se esperaban aquello.

No tenía nada que hacer en aquella casa. Sólo trataba de entrar y salir. Pero en el rellano de la escalera vi un laboratorio fotográfico. Y entré muy decidido.

—Quería diez como éstas.

—¿No sería mejor la docena?

—Pues haga la docena.

El fotógrafo estaba solo. Era un italiano con muchas ganas de palique. Tenía una exposición de fotos artísticas en una salita que no debía de estar abierta enteramente para el público. Eran desnudos de muchachas.

Se dio prisa. En menos de cinco minutos había pagado las fotos y estaba dispuesto a irme. Entonces le pedí un papel y le puse: Embajada de España.

—¿Se le envían allí?

—Sí, las envía pasado mañana, si yo no he pasado hasta entonces por aquí.

—Conforme.

Era cosa de salir a la calle. Aquel cerco no era ni más ni menos peligroso que otros que podían acecharme en Estambul. Al aparecer yo en la puerta mi acompañante abandonó el taxi y se vino derecho hacia mí. Me cogió el brazo con gran suavidad y, con los ojos muy abiertos y llorosos, me dijo:

—Depende de usted. De usted depende, compréndalo.

El taxista asomaba la cabeza por la ventanilla del coche, muy nervioso y congestionado. Seguramente los dos habían discutido agriamente mientras yo me había ausentado.

—Dígame con franqueza lo que busca.

—Lo que busco es esto —y me mostró la fotografía de un hombre en traje de baño. No tuve más remedio que echarme a reír.

—No comprendo...

—Se trata solamente de que recuerde.

—Es tan difícil siempre eso de recordar...

—No bromee conmigo. Para usted, recordar es fácil. No hace ni dos horas que estaba junto a él.

Cogí de nuevo la fotografía y la examiné despacio. Como allí en la entrada de la casa no había luz suficiente, salí a la calle y, a la luz de un escaparate, procuré analizarla.

—No hay duda. Es él.

—¿Él ¿Quién?

—Mi compañero de viaje.

—¿Está seguro?

Segurísimo.

—¿Venía de España?

—Que yo sepa, montó en Roma.

—¿Está seguro?

—Seguro..., seguro no lo estoy.

Sudaba el pobre hombre. Para él era muy importante, por lo visto, haber adquirido la certeza que yo le había prestado.

—Pero sigo sin comprender. Si quería algo con él, le hubiera sido fácil encontrarle.

—¿Usted cree?

—Claro que sí.

Puso un gesto de desesperación y después levantó los brazos resignadamente. Frente a nosotros había un cine con unos carteles que a mí me estaban perturbando. No se concebía cómo podía mostrarse en plena calle una escena tan desvergonzada.

La cadena de taxis que pasaba frente a nosotros se cortaba en cualquier esquina y de los taxis descendían hombres y mujeres que se fundían rápidamente con la multitud. También sucedía que a los taxis subían en plena marcha viajeros que parecían ir evitando una persecución encarnizada.

Los transeúntes que cubrían la acera pasaban a nuestro lado indiferentes, opacos, ingrávidos, distantes. Parecían monigotes mecanizados. Ni aun las mujeres bellas que discurrían parándose en los escaparates cobraban pálpito de criaturas capaces de estremecimiento. Parecían de cera. Los mismos niños que corrían de puerta en puerta ponían demasiada seriedad en el juego y eran como soldados que estuvieran cumpliendo rigurosamente unas órdenes. Tenían cara de mayores.

La inmensa cabeza del taxista colgaba de la ventanilla roja y flácida

De momento, lo mejor iba a ser seguir dando unas cuantas vueltas a aquella manzana de casas.

Esta ruta podía servirme de ilustración y me daba pie para dejarles hacer. Había que saber hasta dónde llegaban. Empezaba a sospechar que este primer sitio que me habían puesto al llegar a Estambul era ilusorio. Pero había que dejarlos hacer, de ningún modo podía darme por aludido.

Mientras me dirigía al coche le dije al acompañante:

—Está perdiendo un tiempo precioso. Si le interesa el señor de la foto, habrá de coger un tren para Ankara. O un coche.

—Usted me engaña.

—¿Por qué tenía que engañarle?

Mis palabras le hicieron mella. Revestido de una humildad y de un temblorcillo emocionante, me cogió la mano y me la besó. Ni siquiera pude sorprenderme de una conducta tan extraña, porque a los pocos segundos había desaparecido sin despedirse siquiera del taxista.

—¿Hace siempre tanto frío por aquí? —le dije al taxista acercándome al coche, pero sin atreverme a subir.

—Este año más que otros.

Ya era de noche. Lo más urgente para mí era encontrar hospedaje, pero quería retardar un poco este paso. Saqué un cigarro y me puse a pasear por la acera, mirando a derecha e izquierda. Mi actitud era la del que está citado con alguien. Es más, de vez en cuando miraba el reloj con gran preocupación. Así estuve unos diez minutos, haciéndome al espíritu de la ciudad, estudiando a los transeúntes, tratando de orientarme. Orientarme en las ciudades desconocidas es para mí una especie de placer morboso.

Me acerqué al taxista y le dije:

—¿Cree que debemos esperar a su compañero?

—Es la primera vez que le he visto.

—Bueno, eso tampoco lo puede decir muy en serio. ¿Usted qué sabe si lo ha visto otras veces?

Poniendo cara de resignación, subí de nuevo al taxi. La media hora siguiente tenía que ser muy metódico. Ninguna visita de las calculadas tenía que fallarme.

—¡Al mercado principal! —le ordené. Ahora mi tono de voz era severo

Había callecitas cortadas, llenas de charcos, donde para entrar a cualquier casa había que subir cuatro o cinco escalones, y también las había que exigían descender por unos tramos de piedra muy peligrosos. El taxi se movía por entre la piedra y el barro. Estambul olía a azúcar tostada y a lana sudada. Estambul no era una ciudad firme y real. Era como una fantasmagoría. No había dos casas en el mismo plano ni dos luces de igual intensidad. De las menudas tiendecillas salían corriendo las mujeres con pañuelos a la cabeza, en los amplios cafés se apelotonaban los hombres en una atmósfera de humo irrespirable.

—Ya estamos.

Estaba cerrado. Pero lo que yo pretendía era establecer aquel sitio como punto de reunión y posible cita con los imaginarios amigos y enemigos que me estaban aguardando en aquella confusa ciudad. Di una vuelta despistante por las tiendas de alrededor y monté de nuevo en el coche.

Durante tres cuartos de hora más usé del taxi, porque uno de los graves inconvenientes de los coches en Estambul es que para moverse dos calles tienen que dar una serie de rodeos inacababables. Del mercado fuimos a la Embajada de los Estados Unidos. Yo no hice más que entrar y salir. Pregunté en la portería por un nombre. Inmediatamente después nos dirigimos a un convento de monjas francesas. Allí me detuve unos minutos. Por último, fuimos a una casa consignataria de barcos griegos, pero ya habían cerrado.

Despistar al taxista era menos importante que sembrar el desconcierto entre otros muchos seguidores que podían haber surgido, y de los cuales el pálido interlocutor del taxi no había sido seguramente más que una muestra.

Por fin, le dije:

—Ahora lléveme al hotel que esté más cerca del Monumento a la Independencia de Turquía.

—¿Al Park Hotel quiere el señor?

—Al mismo.

El Park Hotel caía junto a la Embajada alemana. Esta proximidad me interesaba extraordinariamente. Los americanos estaban construyendo por entonces en Estambul el más grande y moderno de todos los edificios diplomáticos. El Park Hotel tiene dos entradas, cosa que para mí podía ser muy ventajoso en determinadas circunstancias. Entramos por la puerta que da al jardín y bajé la maleta.

—Tome —le di un billete a ojo, que el taxista se guardó rápidamente en el bolsillo. Cuando ya iba a poner el coche en marcha, me acerqué a él y le dije—: Si quiere venir mañana a las doce saldremos a dar un paseo.

Y el taxista hizo un signo afirmativo con la cabeza y desapareció.

El Park Hotel es uno de esos sitios que tienen forzosamente que entusiasmar y amedrentar a un tiempo a los que, como yo, navegan por las corrientes un tanto abismales de lo misterioso y arriesgado. Allí pulula una humanidad al parecer ociosa, pero insospechadamente vigilante incluso para sus vicios. La mayoría de los residentes eran extranjeros, principalmente alemanes y americanos. Había mujeres muy guapas, casi todas ellas judías cargadas de joyas. El hotel es nuevo y no está mal servido. Hasta me pareció ver por allí a tiernos jovencitos que estaban como de muestra por si alguno de los huéspedes los solicitaba.

Me dieron la habitación nº 14. Venía a caer sobre una especie de cenador de losetas rojas que brillaba con la lluvia como un espejo. Al asomarme al balcón vi unas luces rojas que se movían lentamente. Como caían muy lejos y en la hondonada, me figuré que serían barcos que atravesaban el Bósforo.

—El baño está listo —me dijo el camarero desde el pasillo, sin abrir la puerta.

—Gracias.

Y me metí en el baño. Estaba rendido. El goce del agua caliente entraba por mi piel muy despacio como le deben entrar a los gatos las caricias de manos solteronas. Estaba a punto de dormirme en la bañera.

Después de cenar di varias vueltas por las calles céntricas de Estambul. No había mucha vida nocturna. La había seguramente en los tugurios de los barrios, pero no era prudente estrenar Estambul con una aventura temeraria.

Había cenado en un restaurante populoso. El plato más a la mano en Estambul es el pollo. No lo hacen mal, y los pollos, por lo regular, son tiernos. Los cocineros, casi todos, son italianos y los preparan de mil modos diferentes, pero siempre apetecibles. Puede ser también que no sea así y que con esto no haga más que descubrir mi afición desordenada al pollo.

No es frecuente que los restaurantes sirvan café. Cuando uno pide café, mandan por él a unas cafeterías que están escondidas en cualquiera de aquellas calles laberínticas que rodean la calle de la Pera. El café lo traen en unas tacitas muy pequeñas. Para este menester disponen ya de unas bandejas con asas extraordinariamente simpáticas. El café que sirven es poco, pero muy espeso. Hay que tomarlo muy despacio, porque de lo contrario corre uno el peligro de tragarse todos los posos que forman en el fondo de la tacita como un barrillo acaramelado. Un café, de todos modos, francamente bueno.

Después entré en un teatro. Era un teatro poco cuidado, casi un salón de aficionados malos. La obra era bastante chabacana; el clásico conflicto del marino cornudo y la equivocación de la hija de la casa, que da con un pretendiente de la cáscara amarga. La gente reía a carcajadas aquellos chistes, que, aunque no los entendía textualmente, se veía a la legua que eran burdos y plebeyos. Nunca he visto actores más malos. Una de las doncellas que aparecían en la obra sí que me gustó. Era un tanto rústica, pero con gracia.

Una vez que cerraron sus puertas los cines y los teatros, la calle de la Pera se quedó completamente desierta. Sólo la transitaban algunos guardias y parejas de última hora, las mismas de todos los sitios.

Al acostarme, el cinturón quedó colgado en la silla. Parecía la lengua de un ahorcado imaginario que hubiera expirado sacándome burla. No pude menos de reírme. Examinando despacio mi situación, llegué a imaginarme que todo aquello del cinturón no era más que un pretexto mío para desviar la atención de algo mucho más serio y complicado que se me exigía en Estambul. Lo del cinturón no era más que un sofisma de mi cobardía, un truco inventado por mi miedo. Yo ya no era el mismo de antes. Había perdido facultades, miraba los asuntos con más respeto y analizaba cada paso que daba como un gimnasta que cruza el vacío sintiendo encima los latigazos del reúma. Lo del cinturón no era más que un olvido cómodo del verdadero objetivo que me había llevado a Estambul. A quien se lo dijera lo habría de tomar como un invento pueril e ingenuo. ¿No había ciertamente otros procedimientos para hacer llegar a unos amigos, que podíamos haber citado más cerca, aquel mensaje, el que fuera, que meterlo en un cinturón? A veces he llegado a pensar que el jefe goza con estos pasatiempos; que muchas de nuestras idas y venidas no son más que recursos para matar su aburrimiento.

Durante toda la noche pude dormir bien poco. Tenía frío. Pero no quise tocar el timbre y pedir al camarero una manta más. Lo que hice fue poner la gabardina encima de la colcha y acomodarla un poco a mi cuerpo. Lo malo era que la gabardina estaba húmeda, y por los huesos me corrían las hormigas locas del frío y quién sabe también si de la fiebre.

Pudiera ser que el café turco me hubiera desvelado.

Por los pasillos del hotel hubo durante toda la noche un gran trasiego. Más de una vez quise levantarme y aplicar las orejas a la puerta por si lograba captar alguna conversación.

Estambul era como cualquier ciudad europea. Pero tenía algo blando, pegajoso, fluido, impalpable, que bullía en el aire y que se pegaba incluso a las yemas de los dedos. La proximidad de Oriente debe de ser la que imprime hasta en las partículas del aire ese beso medio caliente, medio frío, que hace que uno se palpe la frente y se mire en los espejos como buscando en la propia persona el rastro de algo extraño y misterioso.

Al amanecer me dormí.

V

La primera sorpresa de Estambul la tuve al día siguiente, a la hora del desayuno.

Cuando entré en el amplio comedor, sólo había allí una señorita rubia que, colocada en un rincón, junto a un biombo de flores chinas, untaba trocitos tostados de pan con mantequilla y mermelada.

Me puse medio de espaldas a ella, pensando que el espejo que tenía enfrente me permitía seguir todos sus movimientos. Ella no era ninguna tonta y se rio durante un rato de mi rasgo de candidez.

En esto entró en el comedor alguien a quien el camarero guiaba con mucho protocolo hacia una mesita que caía junto al ventanal. Desde allí se divisaba una parte del jardín; todas las demás mesas permanecían vacías.

Había amanecido un día de mucho sol, casi primaveral. El otoño, hasta en Turquía, suele gastarnos estas dulces bromas. El huésped —uno más, pensé yo— se sentó, y nada más sentarse extendió un periódico francés y se caló unas de esas gafas con montura ovalada y pequeña.

—¡Pero si es el del avión! —me dije en alta voz, saltando de la silla.

Era aquel tipo melifluo y refinado que se había despedido de mí la tarde anterior diciendo que no tenía más remedio que irse a Ankara. Ahora vestía muy deportivo, con camisa verde oscuro, corbata a rombos blancos, rojos y verdes y un traje de color canela de fino paño. Fumaba en una boquilla increíblemente larga.

A pesar de su vestuario de prendas caras y finas, era un tipo que se hacía repulsivo. Se le hacían grietas en el rostro y, recién afeitado, la piel se le abrillantaba como si fuera de marfil muy brillante y pulido, produciendo una impresión de mascarilla de hueso. Tenía aspecto poco saludable y las orejas se le marcaban profundas, infundiéndole un carácter algo demoníaco.

Arrastré la silla a ver si se decidía a mirar hacia mí y me reconocía; pero, a pesar de que repetí los movimientos y hasta llegué a toser un poco forzado y extemporáneo, no se inmutó lo más mínimo.

A mí, si algo me revienta son las dudas. Demasiado obligado me veo muchas veces a apechugar con ella. Volví la cabeza y grité:

—Pero ¿no estaba usted en Ankara?

—¡Mi buen amigo! —exclamó, y cogiendo al instante su taza de café con leche se levantó con una presteza casi teatral y se vino hacia mí.

Me levanté y le ayudé a colocar su cubierto. Había pedido una tortilla de jamón.

—No me creerá —dijo, pasándome la mano por la espalda—; pero si no me he marchado a Ankara, en parte, ha sido por usted.

— ¡No creo!

—Como lo oye.

Me esperaba todas las salidas, menos ésta. Estaba claro que había dado con uno de esos seres divertidos que tanto me entretienen y que tanto miedo me dan. En París conocí a uno de estos zalameros que una noche se me presentó en la habitación a acostarme, y me dijo: «¿Sabes que no puedo dormir?» «Toma bellargal, aquí tengo unas pastillas», le contesté. Se las tragó en el grifo del lavabo. Después se fue a la cama como un niño que promete ser bueno. Al rato escuchamos una detonación en el pasillo. Yo creí que era la escalera que se había hundido. Era aquel prójimo, que se había encasquetado una bala en los sesos. Este género de los melosos, a mí me da mucho miedo. No sabe uno nunca por dónde van a salir.

—Y usted ni me lo agradece siquiera...

—¿Agradecerle? ¿El qué? —comenté, expresando en un gesto interminable mi confusión, mi gratitud y mi ignorancia.

—Así es la vida —prosiguió—. Y probablemente no me cree, probablemente no va a hacerse cargo de que me ha robado alguna hora de sueño esta noche.

—¡No!

—Sí, no debo mentirle. Si yo he trastocado mis planes y me he quedado en Estambul es porque he creído que usted podía correr algún peligro y yo estaba en el deber de avisarle.

—Usted trata de confundirme...

—Trato simplemente de advertirle.

Entonces, con una voz que de puro leve apenas se entendía, una voz que me producía como una caricia en el oído y que me hacía casi dormirme, me fue contando que, al venir del aeropuerto, un individuo le había perseguido hasta la estación de ferrocarril, y que allí, al ir a sacar el billete, le había sacado una fotografía mía y se la había mostrado preguntándole dónde había montado, qué equipaje traía, dónde pensaba residir y no sé cuántas cosas más. Yo le contesté que aquello bien podía no tener ninguna importancia porque acaso en Turquía estaban estas cosas a la orden del día y serían precauciones de la Policía turca, simple trámite fronterizo. A él no le agradó esta salida mía y se exasperó, agregando que estaba muy equivocado, que concretamente el tipo que le había interrogado sobre mi persona era poco de fiar. Se le veía ducho en esta clase de sondeos y que bien podía tratarse de cualquier banda peligrosa. Yo me reí al oír esto, cosa que lo excitó terriblemente.

—No querrá usted que admita que vienen por mí —añadí.

—Yo sólo hago prevenirle —replicó, muy enfadado.

—Pero no parece muy formal la cosa. Porque es lo mismo que si me hubiera venido preguntando a mí por usted. ¿Qué iba a decirle? No podía decirle más que cuatro insignificancias, caso de querer hablar. ¿Qué ha podido usted decir de mí?

—Nada.

—Pues eso; lo mismo que me habría pasado a mí. Era más lógico que se hubieran dirigido a mí expresamente.

—¡Quién sabe! a lo mejor le preparan una emboscada.

—Pero ¿por qué?

—Eso digo yo.

Mi tono comprendí que le molestaba. Porque, según sus cálculos, mi obligación era la de asustarme mucho e incluso pedir protección. No tuve más remedio que decirle que no tuviera cuidado, que mi vida era transparente, que mis ocupaciones me tendrían más atareado de lo que yo quisiera y que no había que concederles demasiado valor a estas pesquisas.

—Es natural que vigilen a los forasteros —concluí diciendo.

—Pero ¿es que cree que era la Policía?

—¿Por qué me voy a preocupar de quién podía ser? Si yo ahora invirtiera los términos y le dijera que anoche me salió un tío raro y me preguntó por usted ¿empezaría de veras a perder la paz? Yo creo que no. Usted se iría tranquilamente a Ankara a hacer su vida de todos los días, y el que quisiera algo no tendría más remedio que ir a buscarlo allí.

»¿Cree más conveniente que se lo cuente a la Policía? Se reiría de mí, me tomaría por un loco suelto. Yo pienso que en Estambul lo que hay que hacer es estar siempre dispuesto a no extrañarse de nada. Todo es lógico en Estambul.

—Todo es lógico, pero no todo es normal.

—A mí lo normal tampoco me gusta.

—Tampoco querrá decir que le gusta morir secuestrado, cosa que aquí se da a diario.

—Por Dios, amigo —exclamé—; usted lo que pretende es que yo me vuelva a casita o me encierre en el hotel. No pretenderá preocuparme, ¿verdad?

—Yo, amigo mío, me creía en el deber de avisarle.

—Esto está muy bien, y yo se lo agradezco.

Fue en aquel momento cuando la rubia se levantó y pasó a nuestro lado, dejando una estela de esencias parisinas. Mi compañero chasqueó la lengua y me guiñó un ojo. Era una de esas mujeres que andan abriendo un poco las pantorrillas hacia los lados, lo cual las hace ir arrastrando un poco los pies. Este andar le daba un movimiento de cadera trabajoso, pero muy incitante.

—Es alemana —dijo él.

—¿La conoce?

—No hay más que verla.

—Pues lo que son las piernas no las tiene de barro, no, señor.

Hasta entonces no me había dado cuenta de algo que me iba a dejar de una pieza. Aquella revelación suponía una alteración fulminante en todos mis esquemas mentales. Mi interlocutor no llevaba tirantes. Mi compañero de avión y ahora de mesa llevaba un cinturón más o menos como el mío. Sin poder evitarlo, me quedé mirando la hebilla como prendido de un sortilegio.

¿Era un rasgo de humor de la casualidad o un sutil manejo de la emboscada? Fuera como fuera, yo no podía rechazar de plano aquella sugerencia. Yo había ido a Estambul buscando una trama así o parecida. De nada, pues, podía extrañarme. Acaso no estaba más que en la primera fase de la emboscada auténtica. Antes de llegar al final siempre se hace preciso sortear muchas tretas parciales. El jefe sólo me había dicho: «En cada caso, déjese llevar por su instinto. Esto nos salvará a todos». Es decir, podía darse el caso de que fuera necesario que yo favoreciese alguna emboscada concreta, discriminando por mi cuenta y procurando separar las verdaderas de las falsas. Pero ni aun en el caso de topar a las primeras de cambio con la emboscada auténtica, era aconsejable que me entregara sin resistencia, sin probarme a mí mismo una mínima garantía. Mi éxito sólo podía depender de una actitud resignada ante los hechos consumados, pero guardándome dentro de la conciencia la casi seguridad de haber acertado.

Nuestro proyecto no podía ser conocido totalmente por los agentes enemigos, pero podía conocerlos en parte. Siempre nos movemos, aunque parezca lo contrario, en una esfera bastante limitada.

Vino un «botones» por el comedor gritando:

—¡Señor Isasi, señor Isasi, señor Isasi!...

Mi interlocutor se levantó, hizo un gesto de súplica y salió. Me había quedado helado. No había salido aún del asombro que me había causado con aquel cambio de los tirantes por el cinturón. De todos modos, no tuve menos que echarme a reír. Era aquella seguramente una de las carambolas más estúpidas con que he chocado en mi vida.

Tardaba en volver. Salí al hall. No estaba en la cabina telefónica.

—¿Y el señor Isasi?

—Ha salido precipitadamente en un taxi —me respondieron en conserjería.

—Pero ¿para siempre se ha ido?

No me contestaron. No habían entendido. Me quedé dando vueltas por el bar. Un camarero árabe limpiaba con gran diligencia botella por botella. Cantaba a pequeños intervalos, por lo bajo, una canción muy monótona. Hacía el efecto de que le dolieran las muelas.

A las once en punto como un clavo se presentó el taxista

—A la Bolsa —le dije.

—¿Va a cambiar moneda?

—Un poco.

—Si quiere se la cambio yo.

El cambio de cincuenta dólares que me hizo era inmejorable. Podía haberlos cambiado en el hotel mismo, pero yo quería expresamente conocer el edificio de la Bolsa. La única persona que podía recibir mensajes para mí y por la que yo podía comunicar con Madrid estaba en la Bolsa. Era un judío muy amigo de los españoles. Este medio compatriota estaba probado sobre el yunque. Nunca había fallado. El señor Emmanuel —éste era su nombre— probablemente no conocía ninguna particularidad de mi viaje. Su única misión era transmitir recados. Aquella mañana habría querido conocer de cerca al hombre encargado de decirme: «Váyase», «Quédese», «Cambie de hotel», «No monte nunca en embarcaciones cuyo nombre no figure en esta lista», «Puede cultivar la amistad con esa rubia», etc. Aunque estaba separado de Madrid por miles de kilómetros, el jefe estaba al acecho, el jefe vigilaba y no se dormía. El jefe sabía en cada caso lo que era más oportuno y conveniente.

Decidí dejarlo para la tarde, si es que abrían, o para el día siguiente. Hasta era posible que él mismo se presentase si había recibido instrucciones concretas para mí.

Estábamos sólo en la primera parte de la aventura. Había comenzado el juego. Para un paso que diera en serio, todos los demás tenían que ser totalmente arbitrarios.

Estambul estrenaba, por lo que me dijo el taxista, su primer día de sol, después de un mes de lluvias y nieblas. Las calles estaban inundadas de gente. Unos caminaban a la carrera y otros parándose cada dos pasos. Los maniquíes de las tiendas de modas y de los almacenes lujosos parecía que se iban a escapar de un momento a otro de los escaparates. Había anuncios de medias y de prendas interiores femeninas que parecían verdaderas estampas pornográficas. Lo que más me seguía cautivando en Estambul era aquella mezcla rabiosa en la que se amasaba el europeísmo más elegante con una batahola oriental chillona y precipitada. Aquellos tipos que cruzaban los retorcidos callejones como recelosos y aquellas hermosas mujeres que comían finos pastelillos en las pastelerías eran bofetones para mi sensibilidad. Yo no era nadie en la extraña ciudad. Y tan extraño me sentía allí que todo me parecía natural y espontáneo. Todo lo veía sencillo como si Estambul no fuera sino un Madrid abigarrado, repleto de miles de vagabundos y señoritos fundidos en una pleamar de aburrimiento y prisas suicidas. No me hacía a la idea de que estaba pisando un mundo ajeno, minado de sorpresas y cubierto de hipocresías. Para un transeúnte que llevara la alegría en la cara, cien me parecían llevar el rencor y el cansancio.

Ellos —un millón y medio de habitantes— hacían su vida normal, pero habría media docena de personas, acaso no tantas, que estarían pendientes de la mía. También era posible que yo no fuera solo, sino que yo fuera varios yos, y que los mismos que me acechaban a mí estuvieran siguiendo a otros hipotéticos yos. No era necesario ni mucho menos que fuera un español el encargado de «colar» un cinturón en Turquía. Como parecía completamente arbitrario hacer dichas entregas en Estambul. Todo parecía irrisorio. Llegué a pensar, viendo cómo toda la ciudad se agitaba indiferente a mi agobio que acaso con el tiempo tendría que ir con el cinturón en la mano exhibiéndolo escandalosamente por si alguien quería cogerlo. Hasta era posible suponer que, en mi situación, quizá lo mejor sería dejármelo olvidado en el hotel.

De momento sólo una persona me parecía hacer algo sin fundamento. Me refiero al taxista. Era muy posible que a él le tuviera sin cuidado aquel inflexible contador e incluso el volante.

—A Puente Gálata —dije.

Descendíamos por unas calles en forma de rampas que iban dando vueltas entre montecillos pelados donde hacían instrucción algunas compañías de soldados. Era muy desigual el tono de la construcción. Lo mismo cruzábamos una callecita de casas de tres pisos con el asfalto lleno de cortezas y cáscaras de frutas, que nos sumíamos en una manzana de edificios macizos donde se alineaban los Bancos y las casas consignatarias. De tarde en tarde, dábamos de frente con un patio rodeado de tapias bajas con unas verjas muy historiadas en la puerta. Dentro se amontonaban unos cuantos cipreses y por el suelo se desparramaban los rosales. Eran cementerios diminutos, semejantes a fincas de recreo. De todos modos, lo que más seguía interesándome eran las mezquitas, con ornato unas veces excesivo y otras muy severo, siempre más bien solas, pero dando a los desperdigados barrios la fisonomía de rebaños alrededor de un cayado alto.

Vale la pena pararse una hora en el Puente de Gálata. No creo que existan muchas cosas en el mundo que den una impresión tan fuerte de dispersión y caos humano. A un lado y al otro se ven barrios escalonados, superpuestos, por donde pulula una humanidad abigarrada que parece arisca en unos momentos, gozosa en otros. Pero para toda aquella humanidad vertiginosa uno no cuenta. Pasan a cientos los hombres y las mujeres al lado de uno sin mirarle, sin verle, sin esbozar ni el más leve saludo. Allí se siente la soledad de un modo que casi hace daño físico. Quizá lo que más aturde y perturba allí es la poca conformidad que parece haber de unos con otros, aunque caminen juntos. Cada rostro es una generación o una raza aparte, y cada traje una versión distinta del mundo.

Había dejado el taxi parado en una plazoleta atiborrada de coches de todos los países. Le había dicho al taxista:

—Usted me espera aquí.

Por debajo del puente pasaban los barcos de carga haciendo sonar sus sirenas repetidas veces. Las barcas con pasajeros de los pueblos del Bósforo entraban y salían a docenas. El puente temblaba como un organismo vivo. Las colinas que amurallan el Bósforo dejaban colgando sobre las azules aguas sus fincas de recreo, jardines y palacios.

Apoyado en la baranda del puente me dejaba pisar y prensar por los que lo cruzaban. Pasaban sin detener sus ojos ni en la tierra ni en el mar.

Se me clavó delante un fotógrafo, pequeño, con el pelo canoso muy rizado y unos dientes blanquísimos.

—Foto para el señor, foto, foto —repetía.

Me alejé unos pasos. Entonces una campesina se me echó casi encima y comenzó a contarme, en una lengua extraña, no sé qué historias. Accionaba mucho al hablar. Me desvié unos cuantos pasos más. Entonces se paró a mi lado un matrimonio americano provisto de cámara fotográfica. Me rogaron que les sacara a ellos dos juntos unas cuantas fotos. Lo hice lo mejor que supe. El americano no sabía qué hacer conmigo en señal de gratitud, y a regañadientes tuve que aceptar un paquete de Chesterfield.

El día era claro y hermoso. Un polvo blanco, que parecía brillar en el aire, sumergía mástiles, cúpulas y arboledas en un fulgor de luminosidad y alegría. Debí de quedarme acodado en el puente cerca de una hora. No son baratos los taxis en Estambul, pero yo me había propuesto no escatimar gastos en este aspecto. El taxista era mi punto de contacto con la realidad.

—Lléveme al hotel.

—Pero ¿no va a Santa Sofía?

—Esta tarde u otro día iremos.

El señor Isasi me tenía, aunque yo no quisiera reconocerlo, bastante intrigado. No era muy normal su conducta. Hasta estaba pensando hacer algo que no entra, por lo general, en mi programa: seguirle la pista.

—Entonces esta tarde, ¿a qué hora?

—Esta tarde descansamos. Esta tarde la tiene libre.

El taxista se reía. Se había aplicado extraordinariamente su papel de mecánico doméstico y me agradecía con los ojos y con un gesto muy expresivo de las manos aquel permiso inesperado que le daba.

—¿Mañana sí vengo?

—Sí, mañana a la misma hora de hoy.

Le pagué y se fue. Rápidamente pregunté en conserjería por el señor Isasi y me respondieron que había dejado la habitación y se había marchado.

—Pero ha dejado una nota para usted —añadió el muchachito.

En ella decía que tenía que ausentarse por unos días y que esperaba encontrarme a su regreso. Su letra era muy pequeña y no muy clara. Pero tenía unos adornos superfluos que me hubiera gustado descifrar.

Era un cabo que se me iba de las manos. Porque si no tenía nada que ver con el motivo de mi viaje, al menos me iba a entretener. Su partida me dejó como vacío.

En el Park Hotel había un enorme trasiego de gente. A veces parecía excesivo tanto movimiento para un hotel y parecía más bien aquello la sala de espera de un aeropuerto importante. Abundaban las caras hurañas en los hombres y las actitudes felinas en las mujeres.

Antes del almuerzo salí a dar una vuelta por los mercados. Era otra de mis faenas de disimulo. Incluso llevaba cartas despistantes para unos grandes almacenistas murcianos. La visita a los puestos de la calle me distrajo bastante. En unas calles sinuosas, abarrotadas de gente, con las mercancías expuestas en las escaleras de piedra y en las entradas de las casas, se apilaban las frutas y hortalizas más preciadas y caras. Me llamaron mucho la atención unos caracoles como el puño de gordos, unos caracoles negros con los cuernos como saetas de reloj de pared, que se movían por las banastas produciendo al chocar unos contra otros un ruido de lo más desconcertante. También las colecciones de mariscos suculentos me hicieron incluso divertido este recorrido. Pero lo más sensacional para mí fueron aquellas cestas de cebollas, tomates, pimientos, lechugas, coliflores y rábanos de colores tan fuertes y vivos que casi parecían buscados para dar color y amenidad a las tocas blancas de las mujeres y a las barbitas de los vendedores.

Después del almuerzo me acosté un rato. Me dolía la cabeza. No hay cosa que más amedrente que la idea de ponerse enfermo en un sitio así. Es una obsesión que, en ocasiones, me ha hecho caer en neurastenias terribles.

Me despertó la llamada del teléfono, pero al cogerlo, la señorita me gritó:

—Se han retirado.

—Pero ¿no ha dicho quién era?

—No, ha dicho que era un compatriota.

—¿Hablaba español, señorita?

—No, hablaban francés.

—¿Por qué dice hablaban?

—Es que han sido dos personas distintas las que han preguntado por usted.

—¿Y las dos se han retirado?

—Sí, señor.

Seguramente estábamos entrando en funciones. Serían las operaciones de tanteo. Decidí salir. Cuanto antes me localizaran, mejor.

Me dirigí andando al edificio de la Embajada de España, que está en un barrio nuevo y elegante, entre hotelitos y jardines.

—El señor embajador está en Ankara.

—¡Qué lástima! –exclamé.

—Pero ¿quería algo? —me preguntó muy solícito el funcionario.

—Se trataba de una simple visita de cortesía, pero me hubiera dado mucho gusto verle.

—Si es algo que podamos resolver nosotros...

—No, no; muchas gracias. Si acaso llama por teléfono le dice solamente que estuve por aquí.

Dejé sobre la mesita una tarjeta mía.

Yo sabía muy bien que el embajador nuestro estaba en Ankara. Por supuesto que en la Embajada no sabían nada del objetivo de mi viaje, pero era casi seguro que no les habría pasado desapercibida mi llegada.

El funcionario que me atendió era un muchacho extraordinariamente fino. Hablaba francés estupendamente, pero el español sólo lo chapuceaba. Conocía yo al embajador de España en Turquía por haberlo tratado bastante en Caracas.

—Si necesita algo de nosotros... —dijo el funcionario al despedirme.

—Cómo no —contesté muy ceremonioso, y salí andando.

VI

Regresé andando al centro de la ciudad. Iba por la calle principal, pero, de vez en cuando, me gustaba perderme por los antiquísimos callejones. Para mí es un verdadero placer jugar a perderme en las grandes ciudades. Me cuelo en todos los laberintos únicamente con el propósito de salir por mis propios medios al punto inicial. Este juego me cansa mucho y los que me sigan en determinados momentos tienen a la fuerza que volverse locos al ver la absurdidad de mis movimientos. Así es como vine a parar por unas calles en donde había varias colas formadas por hombres solos. Parecía aquello un rito extraño. Los hombres iban ascendiendo los escalones de unas casas, deteniéndose antes a mirar unos instantes por las mirillas de las puertas. Tardé un rato en darme cuenta de lo que se trataba. Después me reí yo solo durante un rato. Era muy cómoda la revista que pasaban aquellos hombres a las mujeres de la profesión.

Y así fue cómo, dando vueltas y rodeos, vine a dar con la esquina y el portal donde me había hecho las fotografías. Iba a subir a recogerlas y me arrepentí. Tenía otro día por delante para hacerlo.

Me encaminé hacia la Casa de la Bolsa. Una vez tan solo pregunté a un guardia por dónde se iba, y me fue suficiente. Durante el trayecto entré en dos bares y me tomé dos copazos. Me dolía un poco la cabeza.

Al salir del bar fue cuando me di cuenta de que alguien me seguía. Yo le aconsejo a todo aquel que se vea en semejante trance tenga dominio de los nervios y trate de dominar a su adversario. Si no hace esto corre peligro de terminar huyendo de sí mismo. Sé que cuesta trabajo y que no es fácil, pero no hay más remedio. Sobre todo, si se quiere seguir conservando la iniciativa, lo mejor es cambiar los papeles y ponerse a perseguir cautamente al perseguidor de uno. Es una situación molesta, que llega a hacerse obsesiva incluso, pero que suele dar resultado. El perseguidor que se ve perseguido no tiene mucho terreno ante sí, en contra de lo que parezca, y suele perder rápidamente el control. No siempre es así; puede darse el caso de algún perseguidor terco, fanático, dispuesto a todo, y entonces mi consejo sería otro. Mi consejo en ese caso sería cultivar el miedo aceleradamente durante todo el tiempo que se pueda. Y en el momento en que el perseguidor se crea dueño del campo, desaparecer de un modo burlesco. Aunque personalmente uno llega a sentir una penosa sensación de cobardía, este procedimiento es útil.

Pero todo esto no viene al caso. No estoy construyendo ningún tratado de intrigología. Lo que aquí cuenta es lo que a mí me ocurrió aquella tarde. Como he dicho antes, mi reacción momentánea fue seguir a aquel tipo. En mi situación todas las vías eran recomendables, tanto si aquel sujeto pertenecía a los amigos o a los enemigos. Sin embargo, fue demasiado descarada mi actitud y el individuo se encontró demasiado descubierto. No supo reaccionar de momento más que echando a correr. Uno sabe muy bien lo fácil que es en estas situaciones extremar las cosas y yo estaba hasta dispuesto a adoptar una posición de amenaza. Pude muy bien hacer un gesto decisivo poniendo la mano en la pistola. Estos movimientos algunas veces suelen ser involuntarios.

Si yo me hubiera contentado con echar una carrera, parar, y desaparecer, no habría hecho más que emplazar al perseguidor para posteriores cercos, pero habría resuelto la papeleta de momento. Sin embargo, llegué más lejos y posesionado de una especie de furia insensata activé el seguimiento de quien a lo mejor era nada menos que mi salvador.

No eran aquéllas las instrucciones que me había dado el jefe, ni mucho menos; pero, ya lo dije antes, el peligro en nuestro oficio está en improvisar, en lanzarse por propia cuenta a una empresa que no se sabe las consecuencias que puede traer.

Lo fui siguiendo implacablemente sin darme cuenta de las calles que pisaba. No era fácil que se me extraviara. Sus pasos cada vez eran más acelerados, pero no corría. Parecía tener algo de miedo, pero sabía contenerse. Mientras fuimos por calles angostas y cortas, la cosa todavía fue posible: pero tan pronto pudo desembocó en calles repletas de gentes, bares y comercios, en donde la persecución se me hizo fatigosa y a veces costosísima. Nadie puede imaginarse cuál era mi excitación, mi miedo y mi arrojo durante aquellas dos horas en las que, de una manera metódica, porfiada y a veces torpe me propuse no darle respiro a aquel hombre. Era la mía una tensión en cierto modo estúpida, porque podía muy bien haberla abandonado. Y hasta presentía claramente que huyendo saldría ganando. Pero algo superior a mí me hacía llevar aquello hasta el final. Sobre todo, había algo que me sublevaba en la actitud de aquel hombre: y era que, en unos instantes, aparecía tímido, acobardado, como avergonzado, y en otros se mostraba insolente atrevido, más cínico que otra cosa. Era una cuestión casi de amor propio ver de cerca aquella cara que tan cauta y descaradamente se movía en cada esquina y en los quicios de todas las puertas. Llegué a desear de veras que se volviera de una vez y tuviera valor para enfrentarse conmigo. Pero él iba caminando, dándose cuerda, como vulgarmente se dice.

Era un tipo no muy alto y más bien algo gordito. Vestía pantalón de franela, chaqueta sport a cuadros, corbata de lunares verdes y blancos y un jersey amarillo. Sus zapatos eran de ante y, desde el primer momento, me pareció que tenía los brazos algo cortos. En su rostro predominaba el color amarillento. Llevaba el pelo largo, pero sin exageración. Los rizos menudos del cabello le caían un poco sobre el cuello y a veces se montaban sobre el cuello de la camisa, que era de un azul claro. Lo que más me obsesionaba es que escondía su mirada tras unos lentes de color verde muy claro montados sobre patillas de oro. Y quería ver sus ojos de cerca.

Tenía que cansarse, porque yo lo estaba ya. Como paseando, nos habíamos tirado al coleto varios kilómetros de subidas y bajadas.

Era lógico que aquel hombre me había buscado por algún motivo especial. No era al azar por lo que decidió seguirme y aguantar de forma tan estoica y cómica mi persecución. Forzoso era que yo le facilitara incluso el ataque.

Dos o tres veces lo vi pararse y escupir en el suelo. No fumaba. Se había parado en la misma cancela de cuatro o cinco bares, pero no se había decidido a entrar. Era ya de noche. Estambul se plegaba y recogía. Estambul se dormía y runruneaba como un gato colosal y terrible. Estambul parecía haber caído en el colmo de la dicha y se dejaba acariciar por unas luces y unas brisas que no transportaban precisamente a la felicidad y a la paz. Pero acaso Estambul tenía las uñas a punto. Era como las alimañas del desierto que se acercan a los poblados, husmeando y lanzando chillidos pavorosos. Se pisaba aquel suelo y se escuchaban aquellas voces de las cancelas con la penosa impresión de haber salido de una ciudad extraña a buscar el médico para uno mismo. Se sentía uno como en agonía, disociándose lentamente de las cosas familiares.

¿Por qué no desaparecía de una vez aquel tipo absurdo y maniático? Lo que hacía era ir andando cada vez con menos prisas, más confiado, menos nervioso, más cansado, menos calculador, más próximo. Hubo callejas miserables, con luces hundidas en lóbregos portales donde los únicos vivientes éramos él y yo. ¿Por qué no me volvía yo también hacia atrás? Estaba claro que aquello era una redada en toda regla. Pero era preciso seguir, había que llegar hasta el final.

En la hondonada de un solar grandísimo escuché algunas voces y me detuve. Eran dos soldados que se estaban peleando. Reñían casi en silencio; pero porfiada, acaso sangrientamente. Mi perseguido y yo nos paramos unos minutos. Él continuó andando y yo también. Íbamos descendiendo hacia la orilla del Bósforo. Lo sabía por la humedad y por los focos que, de vez en cuando, se vislumbraban por encima de las destartaladas terrazas.

Cruzamos una carretera de enorme tráfico por la que los taxis pasaban pegados uno a otro, repletos de gentes diversas. Se veía que eran familias distintas, porque mientras unos hablaban entre sí con muchos ademanes y gestos, otros permanecían incomprensiblemente serios.

Circulaban también muchas mujeres solas por las calles. Eran mujeres como lastimadas, con heridas invisibles en las piernas, en los brazos y quizá en los senos. Se arrastraban lamentablemente por las calles oscuras y pinas que dan vista al Cuerno de Oro.

Estábamos llegando al Puente de Gálata. Decidí cruzarlo. Ya estaba bien de broma. Cogería un tranvía y me volvería al centro. Era lo mejor que podía hacer. «Ojalá —me decía— lo hubiera hecho antes». Mi puesto estaba en el hotel. El que quisiera algo, que viniera allí y me esperara a la puerta.

En ese momento mi perseguido se paró en el centro de la calle, miró hacia atrás y se metió en un cafetín iluminado. Fui acercándome poco a poco vigilando las entradas y posibles salidas desde la acera de enfrente. Había llegado el momento de examinar cuidadosamente a aquel tipo. Podría muy bien coincidir con alguno de los retratos que yo había repasado detenidamente antes de salir de Madrid. Acaso mientras cumplía el objetivo del cinturón daba con algo no menos interesante y revelador. Donde menos se piensa, surge a veces la chispa de algún secreto precioso.

Era cosa de un momento. Como quien dice, entrar y salir. Sólo verle la cara y mirarlo fijamente. Con eso habría cumplido con mi deber. Yo estaba seguro de que no era un tipo latino. Era eslavo. Eslavo o una mezcla rara.

El café era amplio. Al entrar tenía un mostrador donde servían bocadillos y bebidas. En el centro del bar había otro raro mostrador en forma de rueda en donde servían pasteles de todas clases. Había muy pocas mesas. La mayoría de los parroquianos permanecían en pie junto al mostrador de la entrada. Los camareros, aunque muy puestos de blanco, tenían una pinta bastante sucia. La mayoría de los camareros de cafés baratos, en Turquía, dan la impresión de que acaban de levantarse de la cama después de haber pasado el tifus o algo parecido. Se afeitan, por lo visto, muy de tarde en tarde.

El sitio era oscuro y triste. El terciopelo de los asientos y el cristal de las lámparas tenían un aspecto lamentable. Todo lo de aquel cafetucho era muy raro, y, una vez dentro, tuve un momento que restregarme los ojos. Me parecía estar pisando un escenario irreal, algo que aun sabiendo uno lo que está soñando no tiene más remedio que admitir como ficticio y desquiciador.

Tan perturbado estaba, que no había dirigido todavía la mirada al sujeto de mi búsqueda. Es más, desde el primer momento comencé a sentir miedo de mirarle al rostro. Sabía dónde se había colocado, pero un peso muerto me hacía inclinar los ojos hacia la tierra.

¿Cómo había estado, Dios mío, para no darme cuenta antes? ¿Era posible que hubiera caído en una trampa tan inicua, con la misma facilidad con que el colegial último de la fila mete el pie en un charco del que todos los compañeros se libraron saltando? Un sudor caliente, de fiebre, de pánico me corría por el cuerpo.

—¿Qué toma el señor? —me preguntó el camarero, en italiano.

—Coca Cola —respondí, muy nervioso.

Iba a pagar y a salir a toda prisa, cuando levanté la mirada hacia el espejo. Allí se encontraron nuestros ojos. Se encontraron en un punto que no era de este mundo, porque lo que yo vi en aquellas pupilas era algo turbio, horrendo, inconfesable. Estaba algo colorado y se pasaba la mano izquierda por la frente, rechazando algún resto lejano de vergüenza. A su lado había otro elemento mucho más oprobioso e indigente, que se reía mirándome también con una avidez monstruosa.

Tuve que hacer verdaderos esfuerzos para no desmayarme ni gritar cuando comprendí lo que me había ocurrido. Todos los que había en aquel sitio: turcos, griegos, armenios, rusos, eran lo mismo.

Podía haberlo tomado a risa, pero no era posible. Yo lo había ido siguiendo hasta su guarida durante horas. Un desprecio rotundo no era aconsejable. Decidí ir escapándome poco a poco. Primero salí a la puerta y miré a derecha e izquierda. Después pasé al excusado, con un gran pánico encima. Por los bancos había multitud de muchachitos pálidos, sonrosados, elegantes vagabundos, todos ellos manteniendo una postura llena de horrorosas reticencias. Afortunadamente, nadie me siguió. Llegué a temblar de un modo que no he temblado en mi vida, aún rodeado de los peligros en los que, sin querer y queriendo, me he visto envuelto. Si el jefe hubiera dispuesto que fuera allí donde tuviera que dejar el cinturón me habría puesto ciertamente en un trance difícil, porque mi reacción a toda iniciativa ajena comenzaría por la violencia y esto era para mi servicio un serio contratiempo. Me propuse antes de salir al salón mantenerme por el gesto absolutamente inatacable. Tanto si eran aquéllos los elegidos por el jefe como si no lo eran, yo tenía que salir de allí pronto y conservando todo el dominio de mis nervios.

En el salón reinaba un silencio casi macabro. Era un silencio como de velatorio. Solamente se escuchaban al salir yo unos siseos casi imperceptibles. No veía más que ojos que me cercaban, labios que se movían con una astucia como de bestias inhumanas y manos que iban de las mesas a la cara o a las piernas en giros siniestros.

Salí a la calle, muy despacio, contando los pasos, diciéndome a cada instante que no debía correr. Pero al volver la cara y ver que venía junto a mí el mismo a quien yo había perseguido absurdamente toda la tarde, eché a correr. No sé lo que me decía; pero me seguía diciendo unas palabras indescifrables, evidentemente cargadas de dolor.

Dando rodeos por entre los coches fui al centro de la plaza, donde un guardia dirigía la circulación con cara de aburrimiento. Me puse a improvisar con él una conversación larga y liosa. Tenía yo mi pasaporte en la mano y accionaba torpe y confusamente.

El guardia me replicaba a todo en turco. Me daba la impresión de que masticaba las palabras como si fueran trozos de goma dura.

En esto vi aparecer un tranvía o autobús. Lo cogí en marcha. Al poco rato volví la cabeza, y en la plataforma de atrás iba mi enemigo con su cara un poco gordinflona, más bien desencajada y pálida.

No sabía qué camino seguir. Tirarme en marcha no resolvía nada. El tranvía iba muy despacio y podría seguirme con toda comodidad. Lo mejor era no meterme en ninguna aventura. Yo estaba allí, no debía olvidarlo, y mi obligación era estarme en el hotel, salir un poco, pero de ningún modo tratar de relacionar unas cosas con otras, y mucho menos meterme donde no me llamaban. Estaba actuando como un niño.

El tranvía marchaba muy despacio. Yo llevaba los ojos del prójimo aquél clavados en la nuca. Lo sabía muy bien. El tranvía chirriaba lastimosamente.

Me había trazado un plan y lo iba a cumplir. Entraría en un cine tan pronto nos acercáramos a las calles más céntricas. Mi plan ofrecía algún riesgo, pero podía salirme bien. Meterme en un cine era lo más práctico. Aparentemente, él podía creer que consentía. No era aconsejable una huida descarada. «¿Y si me he pasado de listo?», me preguntaba yo, sudando. ¿Y si era aquel sujeto el encargado de quedarse con mi cinturón y resolverme la papeleta? Pero ¿y si era nada más lo que parecía? Cosas así no son muy insólitas en Estambul.

Ahora podía estudiarlo más despacio. Un espejo del absurdo tranvía me permitía seguir todos sus movimientos. Era un tipo pálido, como enfermo, aunque en su cara podían apreciarse, sin saber a punto fijo dónde, unas manchas oscuras. Los ojos eran negros, muy lentos en sus parpadeos y con una expresión tenebrosa. Los labios daban la impresión de que los tenía algo hinchados, como de haber pasado unas fiebrecillas.

Todo lo que yo había hecho hasta entonces por escaparme de él no podía interpretarlo en su justo término, sino más bien le daba pie para suponer lo contrario. Mi misma confusión podía parecer un signo de inteligencia. A mí me daba la sensación de que todos los viajeros estaban en el secreto de nuestra especial entente.

Llevaba una mano apoyada en una barra de metal. Era una mano gordezuela, de dedos excesivamente pequeños y gordos. Aquella mano blanca, tirando a verdosa, parecía una mano fofa y sin vida.

A medida que nos internábamos en la parte moderna de la ciudad, yo me iba sintiendo más confiado y valiente. Aquello ya lo conocía yo. Podría moverme con facilidad. Bajé en cuatro saltos.

Me seguía discretamente. Si yo me paraba en cualquier escaparate, él se volvía de lado y comenzaba a mirar en otra dirección. Si cruzaba de una acera a otra, tardaba algún tiempo en hacer lo mismo; pero terminaba haciéndolo.

Caminaba siempre a unos treinta pasos de mí, estirando a veces el cuello para verme entre la gente que transitaba por la calle.

En la calle de la Pera estuve un buen rato ante el escaparate de una librería, seguramente la más importante de Estambul. Había bastante literatura francesa y norteamericana. El escaparate giraba como la rueda de una noria, y en cada giro iba poniendo frente a los ojos repertorios de libros totalmente distintos.

No era prudente, por supuesto, que me dirigiese a él, y mucho menos adoptar una postura amenazadora. Se tratará de un equívoco o de un cerco en toda regla, él era quien debía conservar siempre la iniciativa.

Cuando quiso darse cuenta, ya había dado yo el dinero en la ventanilla de un cine donde ponían una película italiana desconocida en España. Pasé al interior acompañado del acomodador, a quien le di una buena propina dándole a entender que yo buscaría el sitio. Al doblar hacia el salón vi que él estaba ya sacando su entrada. Se había quitado las gafas.

Entonces me envolví con la amplía cortina del salón, que era de granate raído. Allí estaba a cubierto y desde allí lo vi entrar y mirar afanosamente a un lado y otro. Estaría a un metro de mí y nunca he sentido tanta repugnancia hasta por mí mismo. Se le veía turbado y afligido. Lo sentía hasta respirar, y yo mismo había comenzado a sentir una especie de angustia que me iba trastornando el cerebro.

Cuando vi que, muy despacio, se dirigía por el centro del salón hacia las butacas de primera fila, mirando calmosamente a derecha e izquierda, yo me escurrí y salí a la calle. Tan pronto estuve en la calle, paré el primer taxi que me encontré disponible. Iba lleno de gente: un matrimonio con dos hijas. Nunca me he portado, creo yo, tan sonriente y afectuoso con unas personas extrañas. Parecían alemanes.

El marido fumaba en pipa y tenía la cara muy sonrosada. Los ojos apenas los movía. Las muchachas eran bastante guapas. Cuando hice ademán de bajarme se echaron a reír. Había ocupado el taxi sólo para recorrer tres manzanas de casas. Aquello era absurdo. Los saludé muy complaciente y me encontré en la Plaza de los Héroes de la Independencia de Turquía. Estaba a un paso del Park Hotel.

VII

En el bar me esperaba una visita, según me dijeron nada más aparecer ante conserjería.

—¿Ha dicho quién es?

—No ha dicho nada. Solamente dijo que era un compatriota.

El conserje, un tipo de cuerpo normal, pero con unas piernas altísimas hasta sumar en conjunto dos metros, puso cara socarrona y enigmática.

Tan pronto aparecí en el bar se levantó un señor grueso, de unos sesenta años por lo menos, que me tendió la mano muy cariñosamente, hablando en francés. Se notaba que el verme le producía una gran satisfacción.

—No sabe lo que me alegra verle.

Yo no sabía qué decir. Todavía me duraba el nerviosismo del apuro anterior y el presente no sabía cómo encajarlo. De todos modos, aquel hombre no me engañaba; aquel hombre, lo que traía tenía que ser algo relacionado con mi tranquilidad y seguridad. Se le veía en los ojos, en el temblorcillo de los labios, en lo contento que estaba sencillamente por haberme visto.

Sacó un sobre y me lo entregó con grandes precauciones.

Era una nota de mi amigo el judío, rogándome fuera a verle inmediatamente. Había recibido un cable de España con un mensaje para mí. Me había estado buscando toda la tarde sin poder dar conmigo.

—¿Y dónde está ahora mismo?

—Le espera hasta las diez en el Cementerio judío.

—Pero ¿a qué hora cierran aquí los cementerios? —exclamé, haciendo un chiste sin querer.

—Yo le acompañaré si quiere, o le doy las señas. La casa de Emmanuel está junto al cementerio, con una verja de por medio.

—¿Puede esperarme un momento?

Estuve un rato en mi habitación mirándome al espejo. ¿Era temerario seguirle? ¿Por qué había de serlo? ¿No era Emmanuel Jacovhévich la persona que me indicaron en Madrid como el conducto reglamentario para toda comunicación? Su letra no parecía estar falsificada. Es más, había empleado el papel timbrado cuyo membrete conocía yo muy bien. Saqué la pistola y la monté. En el bolsillo de la gabardina dejé caer un pequeño puñal.

Había que empezar a desenredar la madeja. Sobre todo, debía saber urgentemente qué clase de instrucciones eran las del jefe. Por el tono del mensaje, podría acaso descubrir en qué fase se encontraban las operaciones. Si se trataba de una emboscada, entonces todo dependería, más que nada, de mi serenidad. Toqué el timbre y vino al instante el camarero.

—Un martini.

Me lo tomé de un trago, como si fuera una purga. Ni más ni menos que los guiños y las náuseas que los martinis me han producido siempre.

—¿Vamos? —dije a mi acompañante.

—Cuando usted quiera.

—¿Dónde está eso?

—En Escútari.

Vivir dentro del barrio Pera en Estambul puede ser peligroso, pero no menos ni más que en las Ramblas. El mismo barrio de Gálata, donde la confusión y el ruido son espantosos, puede tomarse como un núcleo enmarañado de traficantes donde por una moneda puede perderse la piel. Pero aun este barrio ofrece muchas seguridades, a pesar de la heterogeneidad de la población que lo transita a todas horas. Son transeúntes, cada uno Dios sabe de dónde, pero no más temibles que los vecinos del muelle de Nápoles o los bebedores de la orilla del Támesis. También en los desembarcaderos del mar de Mármara caen a millares los inocentes provincianos y se les ve ir de un lado a otro como asustados. El barrio de Estambul es un término medio entre lo bullicioso y lo recoleto, entre la suntuosidad disimulada y la pobretería más ostensible. En el barrio de Estambul los usureros, los famélicos, los desesperados, las prostitutas y las espías, los ladrones y los policías se están dando la mano continuamente, a cualquier hora y en cualquier esquina.

Pero todavía hay un barrio mucho más terrible y misterioso. Los demás no son sino ciudades superpuestas, sitios donde la elegancia y la sordidez, el lujo y el hambre han convenido en vivir amigablemente. Pero existen a la orilla del Bósforo habitantes y rincones mucho más tétricos y monstruosos. Una vez que se deja uno atrás los brillantes escaparates y la batahola de los mercados, en donde compradores y vendedores aúllan como perros apedreados, se va entrando en unos descampados poblados de vez en cuando por filas de casas. Estas casas, unas veces son pequeñas y otras altas, unas están en lo alto de un cerro y otras en lo hondo, unas entre cultivos de huerto y simulacros de jardín, y otras hundidas entre zanjas oscuras y desmontes por donde corren pequeños y fangosos riachuelos. También hay aquí mansiones ricas, por supuesto. Pero chocan y están como escondidas. El barrio de Escútari no es sólo la sorpresa, el secuestro y la puñalada para el cándido transeúnte, sino que es el sitio de cita para mil negocios inmundos y la guarida de dos mil infamantes vicios. Escútari cae en la orilla asiática.

El francés que me acompañaba infundía confianza. Era un hombrachón de rostro ancho y sonrosado, que tartamudeaba un poco al hablar y miraba de frente y hasta ponía los ojos muy abiertos y como emocionados. Si era un «gancho», pensaba yo, no han podido elegir un come-diante mejor.

—¿Ha visto Santa Sofía? —me dijo.

—No.

—¿Y el Serrallo?

—Tampoco.

Tardamos en llegar a casa del banquero unos treinta y ocho minutos. La bahía del Cuerno de Oro ofrecía en aquella hora un aspecto bastante desolador y siniestro. Aparecían lucecitas perdidas en los puntos más inverosímiles y a veces no se podían distinguir las luces de una barcaza de los faros de un coche, los pitidos de un tren de los lamentos de las sirenas de los barcos. A lo lejos, Estambul, en un revoltijo enorme de pisos y torrecillas, se asomaba hacia el Bósforo, multiplicando fantásticamente las luces y los ruidos.

Pero ¿será posible —me preguntaba a mí mismo— que me haya metido en un lío tan sin gracia y del que, salga bien o mal, nadie ha de enterarse? El barrio de Escútari tenía el inconveniente de que allí era más fácil cualquier rapto. Tienen que pasar muchos días para que las autoridades de Estambul se enteren de cualquier suceso desagradable que ocurra y mucho más para que descubran y localicen los hechos. Esto es inevitable en ciudades como Estambul, donde la afluencia de gentes extrañas y sin controlar pueden contarse a millares. Escútari, además, era la sede de las bandas de agentes rusos más molestas que hay en toda la orilla del mar de Mármara.

Varias veces mi acompañante tuvo que imponerse al chófer para que se abstuviera en absoluto de tomar ningún otro pasajero. Lo que valiera el servicio se los abonaríamos nosotros, y se le daría una propina de la que quedaría contento.

—Ya estamos llegando —dijo el francés más nervioso que yo mismo.

—Vamos a ver qué es lo que ocurre –pensé, sin poderlo evitar, en voz alta.

La casa de Emmanuel no descubría por fuera lo que era por dentro. Por fuera no era más que unas tapias blancas, quizá demasiado altas, por encima de las cuales sobresalían algunos árboles con aspecto de cuidados. Un perro ladraba furiosamente al otro lado de las tapias.

El taxi se había despedido. Cerca se veían unas casas desparramadas, algunas rodeadas de una pequeña huerta. Enfrente de nosotros, en lo alto, se perfilaba una mole inmensa de pared, por cuyos extremos aparecían algunas sombras negras de árboles altísimos.

Penetramos por una puerta reciamente chapada después de subir tres escalones. Después cruzamos un patio con el suelo de cemento en donde los árboles estaban simétricamente colocados. Cada uno parecía proteger una tumba, pero allí no había nada que pudiera recordar un cementerio, excepto las paredes y los árboles. Más bien podía tomarse como un jardín perfectamente cuidado, pero demasiado sobrio y severo. Ningún árbol era igual a otro, y cada árbol tenía, junto al tronco, como un pequeño muro para protegerlo.

A un costado había una pequeña puerta. Hubo una mano que se llevó al perro hacia cualquier rincón misterioso, luego se encendió una lucecita flojísima.

Abrió la puertecilla un muchacho de pelo rizado y cara macilenta.

—Pasen —dijo y se restregó las manos como si hiciera mucho frío. Estábamos en un cuarto muy destartalado, con cuatro o cinco maquetas de esculturas tapadas con cuatro trapos. Había un banco. El francés se sentó. Con un pañuelo se secaba el sudor de la frente.

La espera fue de un minuto lo más, pero a mí me pareció un siglo. Oía dentro pasos y voces, y de veras que hubo un momento en que no creía que fuera a aparecer allí nuestro amigo el judío. Pero, efectivamente, era él. Lo primero que hizo fue tenderme un cable que había recibido aquella misma mañana, a las cinco. Había sido puesto a las nueve de la mañana en Barcelona.

No había modo de pensar que hubiera sido interceptado. El jefe había usado las palabras precisas, ni una más ni una menos, de las que solemos usar para indicar que continuaba el peligro. Me ordenaba el regreso inmediato.

—¿Qué avión puedo entonces tomar? —pregunté.

El judío, sin casi mirar al francés, hizo un gesto de contrariedad y le indicó que pasara al cuarto vecino. Nos quedamos los dos sentados en el banco

—Para mí sería más cómodo que saliera por mar. El viaje es más largo, ciertamente, pero en Grecia podría coger el avión...

—Pero ¿no será más complicado?

—No, porque el barco en que puede irse es un barco de recreo que sale mañana por la tarde, después de comer, y yo conozco mucho la casa consignataria. Pasará por turista de primera.

Puse cara de no amoldarme. El judío se rascaba mientras tanto con la uña del índice algunas manchitas que le brillaban en el batín. Era un batín espléndido de seda color vinagre. No parecía de ningún modo el batín de un judío.

—Es que usted desconoce algunas circunstancias, quizá. El telegrama del jefe responde a uno mío que le puse hace días, anunciándole la llegada del señor Isasi.

—Pero ¿qué viene a hacer aquí el señor Isasi?

—Venía, venía, dirá usted.

—¿Se ha ido ya? ¡Pero yo sé dónde está! ¡Está en Ankara!

—Está usted un poco desorientado. El señor Isasi, que estaba en el mismo hotel de usted...

—Lo sé; ayer por la mañana estuve desayunando con él.

—¿De veras? ¿No será un falso señor Isasi? —insistió.

El judío se perdió cojeando un poco por la puerta del fondo. Al instante apareció con un periódico en la mano. Me lo mostró.

—Este es —exclamé.

—Pero lea, lea.

No me había dado cuenta del titular que acompañaba la foto. Era un titular que para mí no podía resultar más inaudito. Decía: «Extranjero muerto en circunstancias misteriosas».

La simple noticia periodística aclaraba bien poco.

—De todos modos, usted debe desaparecer —concluyó el judío.

¿Había terminado la gestión del cinturón? ¿Debía volverme como había llegado? Eso se desprendía del telegrama del jefe. Lo cual quería decir también que todo el empeño que había puesto hasta entonces en esperar al futuro raptor del cinturón estaba de más. Para bien y para mal debía evitar el enfocar los asuntos desde este punto de vista. No era la primera vez que ocurría algo parecido. O habíamos llegado demasiado pronto o demasiado tarde.

El criado del judío salió con una bandeja y unas tazas de té. El judío y yo habíamos quedado en que, de no haber contraorden, saldría al día siguiente, desde el puerto, rumbo al Mediterráneo. El francés sería el encargado de llevarme al hotel el pasaje y el dinero. En Atenas tendría instrucciones más concretas.

Lo de mi vecino de viaje y hotel, el señor Isasi, me había dejado profundamente impresionado. Estaba deseando quedarme solo. El criado del judío manejó un teléfono de los antiguos, de aquellos de auricular con cordón y tubo fijo, y llamó a una parada de taxis.

El judío salió a despedirse hasta la puerta. Y me explicó muy brevemente que todo lo que alcanzaba la vista, aquellos hotelitos y naves de almacenes y fábricas, habían sido cementerio judío. El terreno se había vendido por parcelas, bastante caro. Ojalá se hubiera él quedado con más terreno. En esto los cristianos le habían tomado la delantera.

Cuando legamos al Park Hotel, el francés, muy ceremonioso, quiso despedirse en seguida. Yo le hice que pasara a la barra del bar.

—Cerveza —dijo.

Mientras hablaba con él me llamaron al teléfono. Era de la Embajada de España. Desde Ankara, el embajador había pedido que hiciera todo lo posible por acercarme al día siguiente a Ankara. Podía usar un coche de la Embajada. Quedé en avisar a la mañana siguiente. No dije que pensaba abandonar Estambul dentro de pocas horas.

—¿Y es que Emmanuel conocía mucho al señor Isasi? —pregunté al francés.

—Pues como a usted, poco más o menos.

—Pero ¿era agente?

—Creo que sí.

No entendía nada. Cada vez veía menos claro todo lo relacionado con mi misión. Si Isasi era casi exiliado político español. ¿Cómo era posible que hubiera muerto trabajando por mi misma causa? ¿Quién lo había matado? ¿Por qué el jefe ordenaba de un modo tan terminante mi regreso? Uno, cuando se entrega a estas misiones, ya sabe a lo que se expone. Unas veces tiene que aceptar felicitaciones sin haber derrochado ni ingenio ni valor, y otras tiene que resignarse a encajar amonestaciones que no merece.

No iba a dormir en toda la noche dándole vueltas al asunto. Apenas había cenado. Me había sentado en el bar frente al barman, que escribía misteriosamente en una libretita. No había pasado un cuarto de hora cuando se presentaron dos agentes de Policía turca. Uno de ellos era un tipo altísimo y muy negro. Hablaba despóticamente y se movía como malhumorado. El otro era el caso contrario; todo era «Usted perdone», «¿Tendría la amabilidad?». «A su disposición, señor». Por turno fueron haciendo a los camareros y a algunos huéspedes media docena de preguntas. A mí, en lo único que insistió el policía grandote y morenazo fue en si era cierto que estando conmigo el señor Isasi en el comedor le habían llamado por teléfono. Se veía que aquella llamada le preocupaba.

Cuando todo quedó en paz y estaba incluso dispuesto a salir un rato a ver las piernas de las chicas de una compañía italiana, que actuaba en un local céntrico, me llamaron a la cabina telefónica.

Al principio no logré entender nada. Era una voz femenina que hablaba en inglés y muy despacio. Parecía que me estaba dictando una lección. Casi me adormecía oyéndola. Su voz era muy agradable. No se me ocurría cortarle, pero tampoco prestaba ninguna atención a lo que decía. Desde luego era una mujer que vivía en el mismo hotel. Tenía que decirme una cosa importante. Me citaba en su misma habitación a tomar una tacita de té.

Por fin caí del burro. Era aquella espléndida mujer que había desayunado frente al señor Isasi y a mí. Sólo escuchándola se sentía una impresión trastornadora. Yo había cambiado con ella solamente algunos saludos y sonrisas. Era una de esas mujeres de carne inaprensible, cuya presencia da impresión de algo frío y remoto. Más que su espléndido físico, lo que atrae y perturba en estas mujeres es una fuerza colosal que se desprende de su limpieza. Sus cuerpos ofrecen una tal ausencia de calor animal que se hace casi imposible pensar en ellos ningún vicio. Sin embargo, en el momento propicio, son apasionadas. Pero, el recuerdo que dejan es siempre lejano, como soñado.

Conocía muy bien el tono de seducción que estas mujeres dominan y que está por encima de toda fácil perversidad. Temblaba yo como un niño. Me disculpé diciendo que tenía necesariamente que salir en seguida y volvería un poco tarde.

—Si puede usted venir a la habitación 14 después de la una podremos hablar —le dije.

No sé por qué dije también aquello. Lo dije más que nada por quitarme de encima la opresión que ejercía sobre mí su voz insinuante y dulce. Con gran sorpresa mía, aceptó encantada.

Salí y tomé unas copas en un bar céntrico. Antes de las doce estaba ya de vuelta. Apagué la luz y me dispuse a esperar. Aquella mujer podía ser, y seguramente lo era, una agente. ¿Vendría ella a por mi cinturón? No era posible. Habíamos convivido tres días en el mismo hotel sin que demostrase el menor interés por las prendas de mi vestuario. ¿Tendría relación con la muerte de Isasi? Ella nos había visto juntos. Sin embargo, yo no estaba asustado. Me quedaban muy pocas horas en Estambul, cosa que ella ignoraba ni yo se lo iba a decir.

Había dejado la puerta sin echar el cerrojo. Pero a pesar de mi excitación, seguramente por el enorme cansancio de la jornada, me dormí.

VIII

Me desperté a eso de las cuatro y lo primero que dije fue: «Me alegro; no ha venido». Uno sabe que las mujeres, en esta clase de encomiendas, por un buen servicio que prestan, suelen fallar más de diez. Sobre todo, que yo temía bastante de la belleza de aquella mujer en mi misma habitación. No era precisamente una mujer de banquete para los sentidos; más bien una mujer para concierto de piano. Pero por eso mismo me iba a inquietar más. Yo me había puesto mi batín de seda para esperarla y me había dormido en el butacón.

Fue cuando me levanté para cerrar la puerta y echarme en la cama cuando me di cuenta de que mi ropa estaba alterada. Por supuesto, el cinturón no estaba. En el bolsillo de la chaqueta encontré un pañuelito diminuto de encaje con un perfume que era igual que ella: más que nada, despedía como un gran aroma de limpieza.

Comencé a pensar, sentado en la cama, que, por primera vez en mi vida, había metido la pata en un asunto tan trascendental. Podía muy bien haberme despertado, con dos palabras que hubiera hablado con ella me habría formado un juicio. Lo que más me molestaba es que aquel cuerpo suyo hubiera estado allí mismo, tan cerca del mío pisando aquel suelo, tocando con sus manos mi ropa.

No se me ocurrió salir y preguntar por ella. Desde el primer instante presentí que esta gestión sería absurda e inútil. Pero ¿qué diría el jefe? Estaba dispuesto a no aparecer en España hasta haberle escrito un mensaje desde Roma o Atenas retirándome del servicio. Sudaba sentado en la cama del Park Hotel. Así me amaneció.

Pero cada hombre tiene su estrella. Fue casi de noche aún, al levantarme, cuando se me ocurrió descorrer los visillos de mi habitación y vi lo que necesitaba ver para comprender que todo había concluido. El cinturón había pasado a mejor o peor vida, pero había desaparecido de mi alcance. Al descorrer la cortina y asomarme al jardín, más allá de la verja, vi un taxi parado. El taxi era el mismo que me había servido a mí para mis paseos por Estambul.

El taxista recibió con mucho respeto y sumisión a la rubia del hotel. Llevaba impermeable, boina y un maletín en la mano. Casi estuve a punto de echar a correr en pijama y gritar: «A ésa, a ésa, que es una ladrona». Pero me quedé como un tonto, viendo cómo se movía debajo de las ramas de los árboles. De dentro del taxi salió un tipo que la cogió del brazo muy cortésmente.

Pero, Dios mío, ¿quién era aquel hombre que ayudaba a que subiera al taxi? Yo le conocía.

Estaba seguro de que le conocía. No podía precisar de dónde ni de cuándo. Esto a nosotros nos ocurre bastante a menudo. Probablemente, pensé, he visto su foto más de cien veces, como a uno de los que conviene tener siempre presentes como peligrosos enemigos. El taxi arrancó. En el momento de arrancar me pareció que ella miraba hacia mi ventana. Llevaba unos guantes blanquísimos.

Hubiera querido poder llorar. Hubiera querido saber ponerme de rodillas y pedir un milagro. La cosa era grave. Había puesto quién sabe en manos de quiénes algo codiciado. Era para tirarse al Bósforo de cabeza.

A las nueve se presentó en el hotel el francés. Le había dicho el judío que me acompañara. Si quería hacer algunas compras o visitar algunos museos de Estambul, estaba a mi disposición por entero. Traían un taxi para nuestro uso.

—¿Sin novedad? —dijo.

—Sin novedad —repliqué, más muerto que vivo.

Me traía ya listo el pasaje para el barco. El barco saldría a las dos. El judío comería con nosotros en un restaurante de la orilla del Bósforo donde, con un poco de suerte, podrían darnos menú español. Estaba ya harto de pollo, huevos y tarta.

Repasando los encargos pendientes, le supliqué que me recogiera unas fotos y le di las señas del laboratorio. Últimamente estarían en la Embajada. También era preciso que entregara al secretario del embajador de España unas letras mías agradeciéndole su interés y disculpándome. Mi salida de Estambul había sido imprevista.

No sabía andar sin el cinturón, esta es la verdad. Notaba un vacío y una flojedad extraña. Me parecía estar borracho. Llegué a pensar si aquella rubia, en combinación con el barman, no me habría puesto en el martini algún narcótico. Era bastante incomprensible que, sabiendo que ella iba a aparecer en mi habitación a la una de la madrugada, me hubiese quedado dormido.

A las once ya habíamos visitado dos mezquitas, una de ellas preciosa, en la que estaban celebrando una especie de melopea a cuatro voces, que no tenía nada de agradable. Junto a las esbeltas y suntuosas columnas, había un grupo de mujeres acurrucadas. Yo, sin darme cuenta, me había dejado en la estera del suelo una de las enormes zapatillas que, sujetas con un elástico, me había puesto para poder entrar a pisar tierra sagrada. En seguida vino un devoto musulmán y me llamó la atención. Quizá para deslumbrarnos un poco o esperando propina, acaso, por las dos cosas a la vez, nos encendieron todas las lámparas de la bóveda. Aquello parecía una araña descomunal con las patas y las antenas brillantes. En Santa Sofía no me sentí muy tranquilo. Los boquetes abiertos en el suelo por donde corrían tenebrosos riachuelos; los andamios y las vigas, me dieron poca impresión de seguridad y no respiré tranquilo hasta verme fuera.

La realidad era que yo caminaba como un globo desinflado, sin hacer caso de nada. Visitamos también el Palacio de los Sultanes, con sus harenes y sus trofeos. Nunca he visto tanta hacha y tanto arcabuz juntos. En los jardines, entre un centenar de cañones, contemplamos uno de España y varios franceses. No había comentario posible. Los turcos, cuando habían podido, habían dado firme, y cuando las cosas les habían ido mal, recibieron los golpes impávidos en su cabeza de turco.

Después entramos en un mercado. Los judíos se hicieron enseguida cargo de que éramos turistas. El precio de las etiquetas pasó a ser un signo convencional. De haber entrado solo allí, habría salido desplumado.

A las doce y media llegamos a la Casa de la Bolsa, y Emmanuel nos estaba esperando en la puerta. Me dio la mano con aire protector. Parecía querer darme a entender que para las pocas horas que me quedaban en Estambul era preciso andarse con mucho tiento, y que él expresamente se había tomado el cuidado de sacarme adelante. «Si supiera este buen samaritano, me decía yo, que del cinturón no hay nada...» Varias veces estuve tentado de decirle: «¿por qué no nos ponemos los tres como locos a perseguir a una rubia?» Pero era demasiado tarde. Todo sería inútil. Estaba seguro. Por experiencia sé que los fallos, en nuestro oficio, no tienen remedio.

A la excursión por el Bósforo no se le pudo pedir más. Sin embargo, nada de todo aquello me entretenía. No hacía más que pensar en mi fracaso. Había fallado puerilmente. Lo que más preocupado me tenía era el recibimiento del jefe. Él, que tantas veces había depositado en mí su confianza burlando el turno a agentes más hechos y curtidos, había quedado mal por mi culpa. Porque tampoco el jefe actuaba por cuenta propia. Sobre él estaban otras personalidades.

—¿Qué tal estos rabanitos? —me preguntaba Emmanuel, frotándose las manos.

—Pruebe estos pepinillos y los espárragos —me decía jubiloso y pletórico el francés servicial y bueno.

Pero yo estaba en lo mío, bien lejos de aquella paella con mariscos, y de la ensalada.

La comida duró para mí una eternidad. El fervor exagerado que ellos ponían en charlar con el camarero me sacaba de quicio. ¿Era posible que hubiera ido hasta Estambul nada menos que para hacer el ridículo de aquella manera? ¡Y ellos tan contentos!

Cuando volvíamos al hotel, y al intentar acomodarme en el taxi, se me ocurrió meter la mano en el bolsillo de la gabardina y, bruscamente, mi mano tropezó con un objeto pesado y frío, algo metálico y pulido. Aquel objeto, de momento, me resultaba absolutamente incognoscible. No daba con lo que podía ser, por más que le daba vueltas dentro del bolsillo. Parece, me dije, la máquina de afeitar eléctrica, pero es mucho menos abultado. De todos modos, manosear la lisa superficie me entretenía.

—Pero ¿tan mal le ha ido en Estambul? —se atrevió a preguntar el judío al ver lo abstraído de mi gesto. El ceremonioso francés le daba la razón.

—Es que me cuesta —dije, improvisando— irme justamente cuando preveía que se podía hacer algo serio aquí.

—Madrid, sin embargo, debe saber por dónde se anda al decirle que se vuelva.

—Claro, claro —concluí.

Tan pronto llegué al hotel me fui corriendo a mi habitación. Tenía unas prisas locas por ver qué pieza era aquella que me habían dejado en el bolsillo de la gabardina. Era casi imposible admitir que no me hubiera dado cuenta antes. Precisamente al notar la falta del cinturón le di varias vueltas a todos los bolsillos.

Era, sencillamente, una polvera. Una polvera sin estrenar, con unas piedrecitas que parecían auténticas y un espejito en el que de mi cara no entraba más que tres cuartos.

Este hallazgo me hizo reír. Decía: «Procure no perder este recuerdo de Estambul. Su buena amiga, Sara».

Solté las cuatro letras con rabia. Inmediatamente después salí a conserjería y pagué mi cuenta.

La vida en Estambul no la regalan, ciertamente. Hay que manejar fondos extraños para aguantar un mes de hotel, incluso en Turquía. En conserjería me encontré con otra novedad no menos importante y trastornadora: el taxista me había dejado una esquela escrita para mí. En correcto francés había escrito: «Muchas gracias, pero salga pronto. Se lo aconseja su amiga».

Nada de todo esto era extraño en Estambul, donde cualquier cosa adquiere un matiz de misterio. El Oriente infunde hábitos de sigilo y clandestinidad a todo. Los bazares, lo mismo que las mezquitas, están poblados de seres nerviosos que gesticulan rabiosamente o se adormecen en una resignación semisuicida; pero en los ojos de todos se advierte una agitación y un furor interno lleno de pavores.

Abandonamos el taxi. Un botones llevó la maleta directamente al muelle. Era una hora en que el empedrado de Estambul retumbaba de pisadas de caballerías y frenazos de coches. En la calle se multiplicaban las risas y las voces distintas. Por las colinas subían y bajaban en bullanga frenética los niños de las escuelas.

Me paré a comprar en un quiosco algunos paquetes de tabaco turco, y, al volver la cabeza, vi que nos iba siguiendo, bastante pegado a nosotros, quieto, disimulando, el sujeto que había bajado por la mañana del taxi para recoger a la rubia, el mismo que yo conocía y no sabía de qué. Hice un esfuerzo por pensar.

—¿Qué le pasa?

—Hay ahí detrás —dije— un tipo que me tiene preocupado. Lo he visto varias veces y no sé quién es. Nos sigue.

—¿Y a usted qué le importa? —añadió el judío, volviendo con mucha cautela la cabeza.

Creo que también el francés se había dado cuenta de lo que ocurría. Paramos un taxi y montamos. Tardamos un cuarto de hora en llegar al muelle. No me dieron mucho la lata en Aduanas. El barco era pequeño, casi de recreo, y llevaba norteamericanos, ingleses y suecos. Iría haciendo pequeñas escalas en los puertos del Mediterráneo.

—¡Quién estuviera en su piel! —dijo el francés al ver la nube de pasajeros.

—El viaje es magnífico —comentó Enmanuel.

Subí al barco. Ellos se habían quedado abajo. Entonces vi la cosa más peregrina del mundo: el taxista contratado y el elemento que me había ido siguiendo se acercaron al judío y al francés y les saludaron amigablemente.

—Entre todos la mataron y ella sola se murió —dije, cargado de furor.

Entre todos me habían hecho la gran partida. Lanzó su quejido la sirena y comenzó a trepidar el barco. Nos movíamos majestuosamente. Extendí la vista hacia Estambul y, después de repasar los altos minaretes que parecían cientos de batutas prestas a dar la señal para ejecutar una obertura, los fui dejando caer en todas aquellas colinas sobre las que bullían los edificios más dispares y coloristas: las fábricas junto a los cementerios, los hotelitos junto a los cuarteles, los jardines junto a las cabañas. Era para maldecir y escupir sobre aquella ciudad de enigmática calma y tensión odiosa.

El primer día de barco lo pasé tumbado y bebiendo. El segundo, me levanté un poco y, con gran trabajo me sostenía en cubierta. El tercer día recibí un telegrama del jefe que decía taxativamente:

«Coja avión Atenas y venga inmediatamente».

«Me parece que voy a acabar escribiendo mis memorias en una prisión bastante lejana», fue todo lo que se me ocurrió pensar al releer el seco telegrama.

IX

La travesía fue muy buena. Estuve varias horas en Roma, pero no hice por ver a Carpe ni a nadie. Podía haberme puesto en contacto con compañeros de profesión. Pero no tenía humor. Estaba deshecho.

Al bajar en Madrid del avión lo primero que vi fue al jefe, acompañado de dos importantes compañeros. Pero no vi a mi mujer, a pesar de que le había anunciado la hora en que llegaba.

Estuve a punto de sacar la pistola y sacudirme. Estaba visto que no iban a ser capaces de comprenderme. Había fallado. Bueno, pues que me dejaran en paz. Otras veces había acertado y no habían salido a esperarme con tanto protocolo.

Tan pronto pisé el asfalto, el jefe vino derecho a mí y me dio un abrazo con grandes muestras de afecto contento. Los otros me saludaron muy efusivamente.

—¿Qué tal el viaje? —me preguntó el jefe poniéndome la mano en el hombro.

—Bien, bien...

—¿Y todo lo demás...? Hable, díganos algo...

—Ya le explicaré, ya le explicaré...

—Sí, claro, ya sé que tendrá que hacerme un informe amplio; pero lo que quiero que me diga es cómo acertó, cómo se las arregló para dejar a un lado a Isasi y cómo dio con ella.

Durante varios minutos siguieron hablando en el coche. Yo no entendía ni palabra.

Me zumbaban los oídos y tenía un dolor tan fuerte de cabeza que tenía que cerrar los ojos.

—Desde luego, ha sido un éxito —repetía el más importante de los dos compañeros del jefe.

—Con dos bajas, pero cumplimos.

El jefe sacó de su cartera un periódico y me lo mostró. Venía justamente retratado aquel tipo que yo había logrado clasificar, el mismo que me había seguido durante la media hora última que estuve en Estambul y que había acompañado a la rubia en su fuga. Pero, Dios mío, ¿quién era aquel hombre que yo había visto sin ningún género de dudas antes y con el que estaba hasta seguro de haber conversado? Entonces fue cuando, sin querer apenas, me situé en otra escena parecida a la de aquel momento y que había sido la de mi llegada a Estambul. Por fin recordaba: aquel tipo había sido el que había parado mi taxi, se había montado en él y me había enseñado la foto de Isasi, acompañándome media hora más tarde de un modo absurdo.

Con el periódico en la mano no hacía más que fijarme en su cara. Era él. No me cabía la menor duda.

—La pringó por usted. Al volver del muelle le cascaron —dijo el jefe con gran solemnidad.

—Pues esto hay que celebrarlo —insistía el menos importante de los dos acompañantes del jefe.

¿Qué es lo que querían celebrar? ¿Que lo hubieran matado o que hubiera llegado yo? Pero ¿sabían ellos el final de la gestión?

—Ha de saber —dije con mucho respeto, dirigiéndome al jefe —que el cinturón no lo traigo.

—¡Qué gracioso! ¿Habéis oído lo que ha dicho? Ha dicho que no trae el cinturón.

—Pues eso faltaba, que lo trajera. ¿Y cómo fue? ¿Por las buenas o por las malas? Tiene que contárnoslo muy despacio.

Nuestro coche paró frente a Cibeles. Entramos en la Cervecería de Correos y nos sentamos.

—Cuatro jarras y una de gambas y otra de percebes —dijo el jefe al camarero.

Había pedido una jarra de más. Seguramente se había citado allí con alguien. Podría muy bien tratarse de algún alto militar o algún inspector de Policía. Por lo pronto, ellos estaban muy contentos y se reían como niños. El sombrerito de una muchacha solitaria los tenía muertos de risa. Llevaba una plumilla que la corriente de aire movía estrafalariamente.

—Estaba durmiendo —quería terminar cuanto antes con tanta farsa o tanto disparatado equívoco y tuve prisa por comenzar mi relato—, y alguien, que calculo que fue una mujer, entró y se lo llevó.

—¡Con que una mujer! Ja, ja...

—¿Y cómo estaba?

—¿Y nada más se llevó el cinturón?

—Pero —el jefe adoptó un tono grave, concentrado y sigiloso— ella le daría algo en cambio.

Los demás rieron como si hubiera dicho un chiste. En aquel momento apareció mi mujer y me tiré a ella más emocionado que un niño cuando su madre va a visitarlo por primera vez al internado. La besé; estaba a punto de echarme a llorar.

—Bueno, Castillo, denos eso —me pidió el jefe con extrema delicadeza.

—¿Es el cinturón lo que quiere? ¡Pues no lo tengo, ya se lo he dicho!

—No sea bromista. Que los compañeros se tienen que ir con ello enseguida.

Mi mujer estaba sufriendo. Me veía nervioso y excitado. El jefe no cesaba de darme palmaditas en la espalda.

—Lo único que puedo darle de aquella mujer es esto —y saqué la polvera—. Es lo que ella dejó al llevarse el cinturón. Ahora haga de mí lo que quiera...

Basta, basta..., que viene muy colérico.

Mi mujer, que no conoce apenas al jefe y que todo lo que sabe de él lo sabe de oídas, intervino:

—¿Es que han salido mal las cosas?

—¡Qué han de salir mal! Nada de eso; todo lo contrario. Él se llevó una cosa y trae otra. No ha podido salir mejor, aunque tengamos que lamentar...

Y, adoptando un aire de gran protector, me dio un beso en la frente. Los dos compañeros, e incluso mi mujer, se rieron. Creo que algunos de los clientes de la Cervecería de Correos nos miraban con ojos estupefactos.

El jefe se había guardado la polvera muy cuidadosamente. Cada uno de los compañeros se puso a un lado. Salí hasta la puerta y los vi montar en el coche. Desde allí me decían adiós con la mano. Antes de arrancar el coche, todavía el jefe gritó:

—Tienes tres días de vacaciones.

No debí de poner cara de mucho entusiasmo, porque el jefe, con el coche en marcha, se bajó y me dijo al oído:

—Y una recompensa, amigo. Y que su conciencia esté tranquila, porque a usted no se le puede imputar ninguna de esas dos muertes. Era cosa inevitable. Isasi era ya demasiado conocido. Por eso —y me hizo un guiño al mismo tiempo— él llevaba el cinturón vacío. En cuanto al otro..., ya puede dar usted gracias a Dios. Porque el otro tiro iba contra usted. Pero no ha podido salir mejor: ánimo y, ahora, a descansar.

—Me dio dos palmadas en el hombro que me dejaron temblando.

El coche salió disparado hacia Cibeles. Mi mujer y yo nos quedamos allí un rato. Ella casi saltaba de gozo. Yo todavía no empezaba a explicarme nada de todo aquello. Pero esto no era raro, esto ya me había pasado otras veces en que fui citado en nuestras órdenes secretas.

La Fea Burguesía
—— EDICIONES ——

Este libro, *Misión Estambul*,
se acabó de imprimir el 2 de febrero de 2025,
XXI aniversario del fallecimiento
de José Luis Castillo-Puche.